novum pro

W0318494

HUGO HANUSCH

Sturkopf und liebenswerter Freund

novum pro

Bibliografische Information
der Deutschen Nationalbibliothek:

Die Deutsche Nationalbibliothek
verzeichnet diese Publikation in der
Deutschen Nationalbibliografie.
Detaillierte bibliografische Daten sind
im Internet über
http://www.d-nb.de abrufbar.

ISBN 978-3-99026-625-0
Lektorat: Dr. phil. Ursula Schneider
Umschlagfoto: Hugo Hanusch
Umschlaggestaltung, Layout & Satz:
novum publishing gmbh
Innenabbildungen: Hugo Hanusch (4)

Die vom Autor zur Verfügung gestellten Abbildungen wurden in der
bestmöglichen Qualität gedruckt.

Gedruckt in der Europäischen Union
auf umweltfreundlichem, chlor- und
säurefrei gebleichtem Papier.

www.novumverlag.com

Canis von Peterngütl (2001–2011)

– Gewidmet –

allen Hundefreunden, den vielen Buben und Mädchen, die mit mir groß wurden und mit denen ich spielen und reden sowie bekannt sein durfte, den vielen Nachbarn und den kleinen und großen Spazierbekanntschaften, aber auch denen, die mir bis zum Schluss die Treue und Freundschaft hielten. Ganz besonders aber Aaron, dem Retriever, einem Blindenhund und meinem besten Jugendfreund.

Der Inhalt entspricht den Tatsachen, einige wenige Interpretationen werden den bestimmten Situationen angepasst.

Canis von Peterngütl

– Inhaltsverzeichnis –

– Nie erlebte Angst –

So ein schöner Nachmittag im Mai, sonnig und 26 Grad! Ungeduldig erwartete ich Alpha zu unserem ersten Spaziergang an diesem Tag. Alpha saß noch vor dem Computer und erledigte, wie immer morgens nach unserem Frühstück, seine gewohnten Tätigkeiten.

Ich wartete bereits an der Wohnungstür und versuchte ihm klarzumachen, dass ich fertig sei, es eigentlich heute schon später als sonst wäre.

Keine Antwort und keine Reaktion von Alpha. Was war los? Ich musste einfach eine Antwort erhalten, darum ging ich wieder in seine Nähe und versuchte es mit Blickkontakt. Mit meinen braunen Augen hatte ich bisher noch immer die entsprechenden Resultate erzielt.

Alpha sah mich sofort, auch meine nervösen Bewegungen und die drängenden Augen. *Endlich, Herrchen, komm schon, wir wollen doch keine Zeit verlieren!* Der Kontakt mit den Augen war diesmal schwerer herzustellen, hatte das etwas zu bedeuten?

Sofort verdrängte ich aber diesen Gedanken, nein, dieser Tag war so schön, es konnte nichts sein, Alpha hatte halt heute ein bisschen mehr an Arbeit zu erledigen.

Trotzdem war es ganz komisch. Ich verspürte eine innere Unruhe, eine Art Beklemmung war da, als ob mir jemand mit riesigen Händen meinen Brustkorb umklammere oder zusammendrücke. Auch meine Beine fühlten sich heute schwerer an, so, als ob kleine Gewichte an den Pfoten hingen. Es war schon eigenartig. In meiner Vorfreude auf die nächste Stunde verdrängte ich jedoch diese Beobachtung.

Gestern war dieses Gefühl noch nicht da gewesen. Ich hatte zwar ein wenig Schmerzen, meine Freunde hatten aber wieder mal gemeint, ab einem entsprechenden Alter müsse man einfach damit leben lernen. Somit maß ich dem Ganzen keine so große Bedeutung bei.

In dieser Situation war ich eher froh, dass Alpha bei mir war, er gab mir auch diesmal ein Gefühl der Sicherheit. Aber trotzdem blieben die kleinen Zweifel. Was war denn los, warum war das gerade heute so eigenartig? Sollte es vielleicht auch mit dem Alter zusammenhängen? Ich hörte seit einigen Tagen in mich hinein und forschte nach solchen Merkmalen.

Auch wenn mich in solchen Momenten, von ganz weit weg, diffuse Gedanken beschäftigten, ich verdrängte sie weitestgehend, aber immer öfter blieben Restängste.

Wie immer, wenn wir aus der Wohnanlage kamen, hatten wir diesen wunderbaren See vor uns, mit diesem herrlichen Gebirgspanorama im Hintergrund. Mir war, als ob dieser Blick heute eine ganz besondere Auszeichnung wäre. Hätte mich Alpha nach dem Grund gefragt, ich hätte darauf keine plausible Erklärung gehabt. Obwohl ich die große Wiese, den See und die Berge jeden Tag vor mir hatte, also nur unterbewusst wahrnahm, empfand ich heute auf einmal die Schönheit dieser Gegend ganz bewusst.

Und diese Perspektive sagte mir: Genieße diese Umgebung mit allen Sinnen, nimm ihre Schönheit in dir auf und erinnere dich immer daran!

Ich schaute zu Alpha und sagte ihm: *Mir geht's heute nicht so prächtig wie sonst, aber lass uns langsam losgehen.* Es kam ganz selten vor, aber heute war so ein Tag, ich ging langsam neben Alpha, achtete tatsächlich viel aufmerksamer auf meine Umgebung und entdeckte so manches, was ich bisher einfach ignoriert hatte.

Der Zaun bei dem Einfamilienhaus sollte erneuert werden, denn dort waren Schlaglöcher in der Straße. Es waren Kleinigkeiten, warum fielen sie mir gerade heute auf? Was hatte ich mit Schlaglöchern zu tun, sie waren für mich total uninteressant! Trotzdem fand diese Tatsache Eingang in mein Gedächtnis.

Alpha tat jetzt genau das Richtige. Er sprach ruhig mit mir über viele Alltagsdinge, auch dass wir in den nächsten Tagen vielleicht zu Esther fahren würden und beide dann wieder diesen erholsamen Waldspaziergang machen könnten. Esther, eine Jagdhündin, auch schon etwas älter, und ich vertrugen uns zu allen Gelegenheiten blendend. Gerade bei den Spaziergängen hörten wir die beiden Herrchen manchmal sagen: „Die gehen und verhalten sich so harmonisch wie ein altes Ehepaar."

Diese und eine Reihe von anderen Erlebnissen gingen mir durch den Kopf. Alpha machte nach einigen Minuten eine Ruhepause. Ich war ihm dafür auch dankbar. So konnte ich, ohne ihm meine Schwäche zeigen zu müssen, ebenfalls stehen bleiben.

Wir trafen unsere bekannten Freunde. *Endlich seid ihr da!* Mogli, der junge Labrador, kam zu mir, heute ruhiger als sonst. Er blieb bei mir stehen, beschnupperte mich, als wolle er mir Küsschen geben, und ging dann zu Alpha, nur um ihm zu sagen: *Du, dein Freund ist krank, pass auf ihn auf.*

Das dicke Herrchen kam mit Bärli, einem mittelgroßen, schwarzen Mischling. Es wiederholte sich die Vorgehensweise fast wie vorhin.

Ich hatte das Gefühl, als wollten sich meine beiden Freunde von mir verabschieden. Nie hatten die beiden sonst so etwas gemacht. *Mogli, Bärli, warum verabschiedet ihr euch? Fahrt ihr weg, wann kommt ihr wieder?* Sicher, die beiden hatten das bestimmt gehört, aber außer langen Blicken erfolgte nichts, sie gingen zu ihren Herrchen.

Auch die beiden Herrchen waren von dieser Art der Begrüßung berührt, konnten jedoch keine Erklärung finden und nahmen es einfach hin. Wie sensibel war doch da mein Alpha! Immer hatten wir uns verstanden, darum hatte Alpha auch diesmal so nachdenkliche Sorgenfalten.

Ich musste Alpha ablenken, ich wollte nicht, dass er sich meinetwegen Sorgen machte, aber wie konnte ich das, ohne auffällig zu werden, angehen?

Nur Aaron, der Retriever, ein ausgebildeter Blindenhund und mein einziger wirklicher Freund aus Kindertagen, kam nicht, so sehr ich auch Ausschau hielt. *Ich hätte dir noch etwas Wichtiges zu sagen, mein Freund, schade, pass gut auf dich auf, vor allem achte gut auf dein blindes Frauchen.*

Aaron, ich weiß, auch dir geht es nicht immer so gut. Deine Knochen schmerzen, das habe ich schon bemerkt, wenn wir doch mal hier und da um die Wette liefen. Pass auf dich auf!

Wir hatten eine schöne Zeit und unsere Bekanntschaft war immer harmonisch, kaum jemals hatten wir Meinungsverschiedenheiten. Leb' wohl, Aaron, mein guter Freund, so gerne hätte ich dich heute noch einmal gesehen! Ich glaube, mein lieber Freund, ich schaffe es nicht mehr lange.

Ich hatte ein so komisches Gefühl in mir. Meine Pfoten wollten mir nicht mehr gehorchen, eigenartig, und immer wieder richtete ich meinen Blick auf Alpha – er war noch da. Nach wenigen Schritten musste ich wieder stehen bleiben und tief atmen.

Alpha wurde jetzt sehr nervös, legte seine Hand beruhigend auf meinen Kopf und redete ganz sanft auf mich ein. Sein Kraulen hinter den Ohren, das ich immer so sehr liebte, jetzt, in diesem Moment, wollte ich es nicht, ich drehte deshalb den Kopf zu Seite. *Alpha, geh' mit mir ein paar Schritte in die Wiese und lass' mich bitte niederlegen.*

Ganz vorsichtig – nur keine hastigen Bewegungen! –, dann legte ich mich in das kühle Gras.

Meine Augen suchten unser Wohnhaus, es war noch so weit entfernt, wie sollte ich das schaffen? So viele Schritte und auch noch etwas bergauf. *Alpha, ich glaube, das schaffe ich nicht allein.*

Alpha sprach etwas von Auto holen, ja, vielleicht war das eine Lösung für mein Problem. *Nein, Alpha, bitte bleib bei mir, ich habe so ein eigenartiges Gefühl.*

Erst nach einiger Zeit erholte ich mich so weit, dass ich wieder aufstehen konnte. Meine Blicke richteten sich auf Alpha, ich sah ganz deutlich – er wusste Bescheid.

Ich bekam fast keine Luft mehr und ein erster Schmerz in der Brust machte sich bemerkbar. Was war denn das? *Alpha, komm zu mir, hilf mir, ich kann nicht mehr weiter, das Atmen schmerzt so sehr, bitte hilf mir.*

Alpha entdeckte sofort meine eigenartige, etwas gekrümmte Haltung und mein schweres Atmen. *Bitte hilf mir nach Hause, mein ganzer Brustkorb schmerzt mich, geh' langsam, Alpha, bitte, geh' langsam.* Eine innere Stimme sagte mir, dass ich nach Hause müsse, auf meine Decke, da konnte ich ruhen.

Wir gingen nach einer langen Pause ganz langsam heim. Gut, dass Alpha mich stützte, ich glaube, ich wäre allein nicht dazu fähig gewesen. Aufmerksam verfolgte ich die geringer werdende Entfernung, zählte die Schritte und sagte vor mich hin: *Jetzt kommt noch die kleine Abzweigung, dann muss sie kommen, die Haustür, jetzt ist sie da, die Tür, und der Lift …*

Alpha gab mir sofort mit seiner Hand frisches Wasser auf die Zunge, ah – das tat gut.

Noch ein paar Schritte, endlich konnte ich mich auf meiner geliebten Decke niederlegen. Ganz unbewusst stieß ich einen langen und tiefen Seufzer aus, es war eine Erleichterung. Ich hörte noch aus dem Hintergrund, wie Alpha telefonierte, einige Male hörte ich auch meinen Namen, ich war aber zu müde, ich wollte nur schlafen, schlafen … Ich sah Alpha, er hatte sich auf den Fußboden gesetzt, wir waren uns in diesem Moment so nah. Dankbar sandte ich ihm noch einen tiefen Blick zu.

Was kam da auf mich zu? Unbekannte Gerüche, Geräusche und Stimmen kündigten sich an, zuerst leise, dann immer lauter. Ich strengte mich an, diese Stimmen zu verstehen, aber immer, wenn ich glaubte, ein Wort verstanden zu haben, wurde es wieder undeutlicher und war dann ganz weg. Unfassbar diese Reihenfolge, das musste ich Alpha erzählen, vielleicht wusste er eine Antwort!

Jetzt tat sich ein sonderbares Geräusch auf. Diese Stimme hatte einen dumpfen Klang und war weit weg. Die tiefe Stimme berührte mich, ganz deutlich spürte ich den Druck, im selben Augenblick aber dann wieder eine sanfte Hand. Was lief da in meinem Körper ab?

Musste ich das wissen? Nein, sicher nicht. Alpha war ja bei mir, er würde mir das schon später einmal erzählen. Ich empfand wohlige Wärme, eine große Behaglichkeit, eine Vertrautheit der Umgebung. Es war wie ein Schutz vor fremden Ereignissen und legte sich wie ein unsichtbarer Ring um mich. Ich sah mich jetzt in einer Art Nest, da lag ich und wartete auf etwas Beschützendes.

In weiter Entfernung und zuerst total verschwommen sah ich ein großes Etwas auf mich zukommen. Für mich wurde es immer deutlicher, die Konturen wurden schärfer und ich erkannte meine Mutter. Sie legte sich zu mir, leckte mir beruhigend über den Kopf, so, als wolle sie damit ihre Liebe zum Ausdruck bringen, ihre Vertrautheit zeigen, mich einfach die Liebe einer Mutter fühlen lassen.

Ich schloss ganz ruhig meine Augen, ließ mich einfach treiben und sog den süßlichen Geruch der Mutter in mich hinein. So viele Fragen stellte ich ihr, ich bekam aber immer nur eine undeutliche Antwort. *Mama, du bist doch bei mir, warum kommen dann deine Antworten von so weit weg?*

Alles passierte ganz ruhig, ohne Hast und Eile, Mama war ja bei mir und immer wieder spürte ich ihre Zunge über meinem Kopf gleiten, es war so harmonisch.

Meine Erlebnisse aus frühen Tagen zogen an mir vorbei. Mit großer Geschwindigkeit lief alles ab. *Mama, das verstehe ich nicht, ich stehe doch bei allem daneben, wieso diese Hast?*

Ich erkannte meine Geschwister, einige sprangen an mir hoch, obwohl sie fast noch nicht gehen konnten, so viele Freunde, es war einfach herrlich, ich war ein Hovawart.

Mama wollte mir immer etwas sagen, aber ich verstand sie nur undeutlich, meine Geschwister machten zu großen Lärm.

Meine Mutter erzählte mir dann von meinem Vater, einem stolzen Hovawart aus Deutschland. Sie erzählte mir vom ersten Kennenlernen, auch dass er jeden anderen Rüden verjagte und eifersüchtig über sie wachte. Mama erwähnte seine Stärke, doch leider hatte er nach einigen Tagen wieder zurück in seine Heimat gemusst.

Mama zeigte mir den Bauernhof, auf dem ich das Licht der Welt erblickte, zusammen mit meinen vielen Geschwistern. Sie strahlte dabei so eine unendliche Güte und beruhigende Wärme aus, wie es eben nur eine Mutter zuwege brachte. Ich schmiegte mich ganz eng an sie, ihr wärmendes Fell tat mir ungemein gut. Einige Geschwister wollten mir den Platz bei Mama streitig machen, zwängten sich dazwischen, ach, waren die eifersüchtig. Mama schob sie ganz vorsichtig mit der Nase zur Seite, sodass ich wieder den besten Platz bei ihr hatte.

Ich war ihr für diese Momente so dankbar. Doch gerade im schönsten Augenblick des Verstehens wurden die Konturen meiner Mama immer undeutlicher, alles andere wurde auch immer schemenhafter, so wie der Nebel, der immer über dem See schwebte. Meine Geschwister wurden kleiner und waren plötzlich ganz verschwunden. Allein stand ich jetzt da, meine Blicke trübten sich, die Schärfe des Sehens ließ nach.

Auch mein lautes Rufen half nicht. *Mama, warum jetzt auf einmal so rasch, schau mal, ich glaube, das sollten wir uns doch auch noch ansehen, so sehr hattest du mir das versprochen, aber …*

– Der Dunkelheit entkommen –

Es war ein eigenartiges Gefühl! Sosehr ich mich auch bemühte, ich sah nur absolute Finsternis. Trotzdem war es mir, als ob ganz in meiner Nähe Bewegungen und Geräusche wären. Ich verhielt mich ganz still, um diese Wahrnehmungen auszuloten und in mir aufzunehmen.

Leise Atemgeräusche, dazwischen knisterte ein Strohbett, dann wieder verschiedene Jammerlaute, was konnte das alles nur bedeuten?

Ich sah nichts, alles war dunkel und trotzdem spürte ich feuchte Berührungen. Dazu Geräusche, als ob jemand die Luft durch die Nase einsöge. Dieses „Anstoßen" von feuchten Nasen brachte mir neue Rätsel. Was konnte das sein, musste ich mich tot stellen? Nein, das konnte ich nicht, vielmehr suchte ich meinerseits feuchten Nasenkontakt links und rechts von mir. Dabei ließ sich nicht vermeiden, dass ich bei jeder Berührung gleich den entsprechenden Quietschlaut hörte. Es war fast so, als ob jeder Berührung eine Art Bestätigung folge.

Das fand ich äußerst interessant. Also versuchte ich, trotz der dunklen Umgebung weitere Opfer für eine Berührung zu finden. Es war nicht so schwer, ich brauchte nur meinen Kopf etwas zu strecken, schon berührte ich etwas mit der Nase und postwendend kam das Quietschen.

Das Ganze betrachtete ich einerseits als Spiel, andererseits jedoch gehorchte ich meiner Neugier. Ich musste dieses Phänomen – Anstoßen mit sofortigem Quietschen – ergründen. Unwillkürlich drängte es mich weiter vorwärts. Es war ein unbeholfenes Kriechen über raschelndes Stroh, ganz langsam, bis ich ein Hindernis spürte.

So bewegte ich mich zwar geradeaus, wurde aber mehrmals durch weiche und japsende Körper in eine andere Richtung gelenkt. Alles in allem vermutete ich zahlreiche weiche Bündel, die sich ebenso wie ich planlos durch das Stroh tasteten. Woher kamen diese Fellkugeln?

Ich fror furchtbar. Was sollte ich nur machen? Ich konnte mich kaum bewegen. Ganz weit weg hörte ich leises Jammern. Es klang wie hilfloses Stöhnen. Viele verschiedene Tonarten waren zu hören, ich konnte das überhaupt nicht verstehen und deuten, alles war finster.

Ich war nicht der Einzige, die anderen hatten auch Angst oder litten an der Kälte. Es war schließlich nicht verwunderlich, denn man ließ uns bei diesem Aufenthalt allein.

Ein neuerliches Rascheln war zu hören, es mussten große Pfoten sein, die ein solches Geräusch verursachten. Auch der Geruch änderte sich, es war ein schwacher, jedoch süßlicher Duft, der mir in meine Nase strömte. Gierig blähte ich sie auf, ganz genau konnte ich diese Verlockung nicht definieren, es musste jedoch mit Nahrung zusammenhängen.

Immer intensiver wurde für mich diese Nahrungsankündigung. Was könnte ich machen, damit ich zu solcher Nahrung käme? Mein Bauch würde das auf alle Fälle vertragen.

Da spürte ich plötzlich etwas Weiches und Feuchtes, aber Warmes über meinem Rücken. Ah – das tat gut. Nicht aufhören! Gar nicht so schön war aber gleich darauf ein leichter Stoß. Ich wurde unfreiwillig auf den Rücken gedreht, ohne festen Halt, die Pfoten nach oben gerichtet. In meiner Verzweiflung stieß ich Angstlaute aus.

Das war schlimm, ich wusste nicht, wie mir geschah. Aber da kam er wieder, der gute Geruch, der warme Körper, der sich anschmiegte und mich am ganzen Körper leckte. Ich ließ das alles geschehen, ohne einen ängstlichen Laut von mir zu geben.

Wer war das, der mich wärmte, mich mit Hautkontakt beruhigte und mir ganz leise Signale vermittelte? So gerne wollte ich das wissen, aber je mehr ich mich darum bemühte, umso schläfriger wurde ich und ganz plötzlich wusste ich nichts mehr.

Keiner hat mir gesagt, wie lange ich geschlafen hatte. Aber irgendwie war das Aufwachen eigenartig. Von einem Instinkt getrieben versuchte ich, meine Augenlider zu öffnen. Das war nicht mein Wille, obwohl ich ahnte, dass hinter den Lidern noch mehr zu sehen wäre. Der Drang, mehr zu erkennen und damit meine Umwelt einordnen zu können, war unbändig.

Ich sah zunächst nur einen Schimmer und in einiger Entfernung tapsige Bewegungen. Und schon wieder war da dieses mitleiderregende Jammern und Winseln. Hunger, Kälte und Einsamkeit waren herauszuhören. Schemenhafte Gestalten krochen umher, manche bewegten sich nicht, sie schliefen.

So viele verschiedene Wollknäuel bewegten sich da, dunkle und helle, das waren also meine hilflosen Geschwister.

Auf, sei nicht so faul, mach dich auf und schau, was sich da genau tut. Die Neugier hatte mich also tatsächlich meiner Natur entsprechend gepackt und vorwärtsgetrieben. Es war gar nicht so leicht, mich mit meinen Stummelbeinen vorwärtszubewegen.

Was lag denn da überall herum? Kleine Bündel, die jammerten und das Maul aufrissen, und immer wieder diese japsenden Laute.

Während ich also noch immer versuchte, einige wenige Schritte nach vorn zu machen, verdunkelte sich mein eingeengter Gesichtskreis. Dieser bekannte süßliche Duft kam auf mich zu, das roch nach Nahrung. Ich musste jetzt endlich erkunden, wer das war.

Dieses große Etwas mit seiner angenehmen warmen Ausstrahlung hatte sich in meiner unmittelbaren Nähe niedergelassen. Meine Nase hatte mir gesagt, dass die Nahrungsquelle ganz nahe wäre, also war mein Liegeplatz absolut richtig. Den würde ich verteidigen, da ließe ich mich nicht mehr verdrängen.

Die riesige Gestalt mit dem weichen Fell lag halb auf dem Rücken. Es schien, als ob sich meine kleinen Füße zu einem bestimmten Ort hin selbstständig machten. Ein Duft war das, herrlich! Jetzt erst war er in seiner ganzen Intensität da. So viele verschiedene Nuancen waren herauszufiltern! Egal, ich musste ganz nahe heran. Fast automatisch fand ich zwischen den seidigen Haaren die Zitze, saugte daran und da war sie, die süße und wohlschmeckende Milch. Gierig saugte ich mich fest, doch der starke Saugreflex kam mit der Menge an Milch in meinem kleinen Mund nicht in Einklang, das Ergebnis war keinesfalls zufriedenstellend.

Vor lauter Hunger wollte ich alles auf einmal in mich aufnehmen. Das Resultat war ein fürchterliches Husten, es schüttelte mich ziemlich arg, doch ich schaffte es.

Ich musste während des Saugens wieder mal eingeschlafen sein, denn ich wachte innerhalb einer Gruppe von weiteren kleinen Wollbündeln auf. Ich verspürte ein Gewicht auf meinem Rücken, wenig später kroch jemand über meinen Kopf und ich musste nach Luft schnappen. Keinen konnte ich genau wahrnehmen. Um mich aber vor weiteren unliebsamen Attacken zu schützen, schloss ich mich dem wolligen Verband an.

Mehrere dieser kleinen Bündel begaben sich auf Wanderschaft. Ich hatte es nicht so eilig, beobachtete zunächst die Bewegungen um mich herum und schloss mich dann als Letzter an. Sie wollten wahrscheinlich alle zu dieser wunderbaren Quelle. Da wollte ich natürlich dabei sein. Ich verspürte zwar keinen großen Hunger, aber ein bisschen konnte nicht schaden.

Meine Augen konnte ich jetzt schon aufmachen, wann immer ich das wollte. Ganz neue Eindrücke erhielt ich, es erschlossen sich für mich Möglichkeiten, die mein weiteres Leben entscheidend beeinflussten sollten.

Zunächst begnügte ich mich mit der Beobachtung meiner Geschwister, wie sie sich bewegten. Warum ergatterte gerade jener den besten Platz beim Trinken und warum änderte unsere Mutter immer den Trinkplatz? Gab es da ein bestimmtes System?

Und da war sie wieder, eine riesige Gestalt, dunkel, fast schwarz, mit langen und weichen Haaren. Ein großer Kopf mit zwei braunen Augen musterte uns. Noch waren wir nicht sehr mobil, vielmehr verbrachten wir unsere Zeit hauptsächlich mit essen und schlafen.

Ich betrachtete diese große, schwarze Gestalt sehr aufmerksam, sah, dass sie versuchte, alle kleinen Wollbündel unter Kontrolle zu halten. Nicht alle schliefen, die munteren Kerlchen bemühten sich mit ein paar Schritten um ein besseres und wärmeres Plätzchen. Da hatte die große Gestalt aber etwas dagegen, alle Kleinen sollten in der Gruppe bleiben.

Sie nahm mal das eine, mal ein anderes Wollknäuel ganz vorsichtig in das riesige Maul. Hinter den Ohren wurde ich gefühlvoll, aber bestimmt gepackt, ich verlor den Boden und aufwärts ging es im Maul der Mutter. Ich getraute mich nicht, nach unten zu schauen, hoffte nur, wieder sicher den Boden zu erreichen.

In einiger Entfernung legte sie dann alle ihre Kinder in ein warmes Nest und in wenigen Augenblicken waren wir zusammen. Von Ordnung allerdings keine Spur, es war ein vielfüßiges Durcheinander, aber die Mutter hatte Routine. Kein Wollknäuel konnte sich selbstständig machen.

Die erste Kommunikation begann mit Lecken, Kuscheln und Winseln. Wir identifizierten uns gegenseitig am Geruch und an der Stimme. Das war für uns ein großer Fortschritt, so wussten wir künftig, mit wem wir es zu tun hatten.

Aber auch bei uns kehrte irgendwann Ruhe ein. Die Anstrengungen der letzten Stunde waren für uns doch beachtlich gewesen, einem nach dem anderen fielen die Augen zu. Die große Gestalt aber blieb bei uns, das war für uns alle eine große Beruhigung.

Tiefes und zufriedenes Atmen, dazwischen leises Stöhnen, kleine Ansätze von Schnarchen, vielleicht wurde auch geträumt, einfach ein richtiges Kinderkonzert – bewacht von der großen Gestalt, unserer wachsamen Mutter.

Bevor ich endgültig meine Augen zumachte, hörte ich gerade noch, wie dieses riesengroße Ungetüm sagte, sie sei unsere Mutter, wir sollten sie Mama rufen, sie werde uns beschützen und versorgen, aber es müsse auch Ordnung und Disziplin herrschen. Was immer auch das heißen mochte, wichtig war doch allein, dass wir an die süße Quelle konnten.

Mutter, Mama, wo war da der Unterschied? Ich nahm mir vor, dass ich vorerst beide Namen verwenden würde, somit konnte ich nichts falsch machen, sicherlich bekam ich das richtige Wort schnell heraus.

In der Nacht plagte mich mein Bäuchlein. Kaum öffnete ich meine Augen, packte mich der „Lift" und auf ging es, hinaus vor die Tür und ich konnte mein Lackerl machen. Mama wusste Bescheid und ab ging es wieder in das warme Kindernest. Mein vorheriges bequemes Plätzchen war jedoch besetzt. *So nicht, meine lieben Geschwister, ich will in der Mitte schlafen, also rückt beiseite!* Es war nicht leicht, aber letzten Endes mussten all jene weichen, die sich meinem Weg entgegenstellten. Mama hielt mir diese egoistische Art und Weise meiner Zurückeroberung des Schlafplatzes noch lange vor. Sie meinte dabei immer, ich hätte bereits in diesen frühen Tagen ein typisches Hovi-Verhalten gezeigt.

Schon zeitig in der Früh verlangten wir mit entsprechenden Geräuschen unser Frühstück. Mama legte sich geduldig der Länge nach auf den Strohboden. Wie kleine Ungeheuer fielen wir über sie her und suchten nach den besten Plätzen. Wir waren elf muntere Buben und Mädchen.

Da kam es schon mal vor, dass Mama böse wurde und uns abschüttelte. Sie brauchte wahrscheinlich eine kleine Pause, lief weg, um sich selbst etwas zum Essen zu holen. Erst als unser Geschrei auch nach außen drang, kam unser beweglicher Milchsilo wieder zu uns zurück.

Aber wir wurden immer fordernder, Mama konnte uns bald nicht mehr satt bekommen. Die Frau des Hauses gab uns dann dazwischen so komische feuchte, runde Kugeln. Mit der Zeit gewöhnten wir uns an diese Nahrung. Dieses Futter konnten wir nicht einfach schlucken, wir mussten da schon etwas an Beißkraft einsetzen, dafür hielt es auch länger an.

Wir wurden größer und stärker. Es gab hier und da auch eine Rauferei, die aber letztendlich von Mama sehr schnell entschieden wurde. Die Rauflustigsten unter uns wurden von Mama oftmals unsanft zurechtgewiesen. Diese Kerle erhielten dann aber von ihr immer eine Erklärung, warum dieses oder jenes so geschah.

So entschied Mama auch, dass wir nicht mehr an die süßen Quellen durften. Mindestens die halbe Mannschaft protestierte laut, doch Mama kannte alle diese Tricks.

Wollte es dennoch jemand versuchen, bekam er von Mama ganz ernsthaft die furchtbaren Zähne gezeigt.

Abwechslung – egal ob Menschen oder neue Tiere auftauchten – war für uns alle willkommen. Da konnten wir uns anschleichen, einige versuchten, beim Rennen Aufmerksamkeit zu erwecken, die kleinen Schwestern machten sich über einige Menschen lustig und Mama lag im Hintergrund und passte auf.

Anfangs fanden wir es noch äußerst interessant, wenn wir Besuch erhielten. So kam also jener Nachmittag, an dem ein Mann mit Tasche und weißem Mantel in unsere Kinderstube trat. Unsere Pflegeeltern, eine Frau und ein Mann, begleiteten den Fremden.

Zunächst sah sich dieser unsere Umgebung an, blickte in die Kinderstube und untersuchte auch die Wasserschüssel von Mama. Die Prüfung und somit der Gesamteindruck unseres Elternhauses waren wohl durchaus in Ordnung.

Jeden einzelnen Hovi begutachtete er nun, zuerst die Buben. Jeder wurde aufgehoben und vor allem auf das Fell hin untersucht. Dann kam einer nach dem anderen auf eine Waage. Die Augen wurden begutachtet, alle Beine auf Muskelkraft geprüft und die Zähnchen betastet.

Die Mädchen hatten das mit besonderer Neugierde verfolgt. Jetzt kamen sie an die Reihe. Die beiden Kleinsten jammerten nach der Mutter, aber diese hielt sich nach wie vor im Hintergrund.

Bis hierher war das ja recht lustig, aber dann wurde es schlagartig ernst. Zuerst ein Stich in den verlängerten Rücken und dann einen weiteren in der Halsgegend unter das Fell. Da wurde sogar bei den Buben gejammert. Kaum hörten die Mädchen das, schon versuchten sie, sich in der Kinderstube zu verstecken.

Diese Untersuchungen waren, vor allem zum Schluss, äußerst unangenehm. Das hätte uns Mama aber auch vorher sagen können!

Die Mädchen versuchten zwar, recht tapfer zu wirken, trotzdem hörten wir einige Klage- und Wehrufe.

Nach dieser Prozedur hatten wir längere Zeit Ruhe vor dem weißen Mann. Er hatte auf uns keinesfalls einen guten Eindruck hinterlassen. Ganz im Gegenteil, der weiße Mantel blieb mir bis ins hohe Alter in Erinnerung.

– Neugier gehört zum Hovawart –

Zur täglichen Lehrstunde durch Mama gehörte das allgemeine und notwendige Wissen eines Hundes. Einige meiner Geschwister, vorwiegend die Mädchen, freuten sich schon in der Früh darauf, wir Buben gingen eher mit gesenktem Blick zu diesem Unterricht.

So saßen oder lagen wir dann im Kreis um unsere Mama, hörten ihr aber immerhin sehr aufmerksam zu. Es gab Themen, die für mich äußerst interessant waren. Am liebsten – und darauf freute ich mich schon Tage vorher – hörte ich Mama zu, wenn sie über ihre Erfahrungen mit Menschen sprach, über die verschiedenen Eigenschaften einzelner Personen und wie man sie einschätzen konnte.

Mama wiederholte in ihrem Unterricht immer die bedeutendsten Passagen vom Vortag. So legte sie zum Beispiel ganz großen Wert auf die Stimmlage der Menschen. Allein daraus könnten Emotionen, Regungen oder auch Entscheidungen herausgefiltert werden. Jedoch nur die Praxis und die richtige Interpretation brächten einem Hovi Vorteile.

Das war so ein richtiges Thema für mich. Viele Fragen hatte ich an Mama und zu ihrer Ehre muss ich sagen, sie wusste alle zu beantworten. Wie groß musste doch ihr Erfahrungsschatz sein!

Da war zum Beispiel unsere Familie. Mama machte uns darauf aufmerksam, dass es wichtig sei herauszufinden, welcher der beiden Leute, Mann oder Frau, an diesem Tag besser gelaunt sei. Es wäre ganz verkehrt, den schlechter gelaunten Menschen als Ersten zu begrüßen. *Ihr setzt euch nur der Gefahr aus, dass ihr mit bösen Worten abgewiesen werdet und dann ebenfalls deprimiert seid.*

Schaut den Menschen offen in die Augen, erkennt sofort deren Verfassung und dann könnt ihr eure Zuneigung dementsprechend ausrichten.

Mama wusste über die Menschen tatsächlich sehr viel. Sie konnte mit so vielen Beispielen den Unterricht lebendig gestalten. Mit der Zeit merkten auch die wenigen desinteressierten Buben, dass es für ihr weiteres Leben vielleicht doch wichtig wäre. Mama konnte somit alle Kinder begeistern.

Es gab Unaufmerksamkeiten, da hatte aber Mama ein einfaches Rezept. Sie richtete gezielte Fragen in die Runde, somit war jeder von uns mit seiner Aufmerksamkeit gefordert.

Fortan sollte ich allein, teils aber auch mit meinen Geschwistern unsere kleine Welt erobern. Ich verstand nicht, warum einige so wild auf Bewegung waren, ich ging das eher überlegt und ruhig an, behielt aber immer den Überblick und so entging mir nichts.

Diesbezüglich brachte Mama schon anfangs ein ähnliches Beispiel, da hatte ein entfernter Verwandter sich durch unüberlegte Hast und Eile den Vorderlauf gebrochen. Sein Hinken dauerte noch immer an.

Gerade bei uns waren so einige Gefahren zu erkennen. Alle diese Geräte, oftmals mit gefährlichen Eisenteilen, setzten so manchem Geschwisterchen zu. Schnell stürzte man ab oder verletzte sich, Mama konnte nicht immer und überall zur Seite stehen. War das vielleicht auch eine Art Unterricht zur Lebenserfahrung?

Vieles, was Mama versuchte uns beizubringen, hatte schon einen ernsten Hintergrund, umsonst sagte sie das nicht. Diese Erfahrungen machten wir manchmal hautnah und waren froh, dass schon im Vorfeld und mit Bedacht solche Situationen gemeistert werden konnten.

Unser Geburtshaus war ein sehr großer Vierkanthof, der aber nicht mehr bewirtschaftet wurde. Der große Innenhof war zum größten Teil mit Wiese bedeckt. Nur auf einer Seite sah man noch Gerätschaften, wie zum Beispiel einen alten Schlitten, einen Leiterwagen und sonstiges Handwerkszeug. Für uns war das natürlich ideal zum Versteckenspielen. So manche wilde Jagd donnerte dann durch diesen Hof. Wurde es zu wild, stand plötzlich Mama in der Mitte. Dann genügte meistens nur ein Knurrlaut und die Rasselbande wurde ganz still, so als ob nie etwas gewesen wäre. Jeder schaute dann gelangweilt durch die Gegend und wollte den wilden Blicken von Mama ausweichen. Die Mama hatte uns gut im Griff, aber das gehörte sicherlich in ihr Ausbildungsprogramm.

Schon nach wenigen Tagen entdeckten wir ein großes Tor zur Außenwelt. Die beiden Torflügel schlossen nicht richtig ab und so konnten wir durch den kleinen Spalt manches von draußen sehen.

Da bewegten sich eigenartig geformte Blechkisten sehr schnell an uns vorbei, denen wir jetzt endlich auch den stetigen Lärm zuordnen konnten. Menschen und große Tiere gingen über das Feld, Kinder spielten ganz in der Nähe, manchmal gab es auch bei diesen einen Streit. Wo war dann deren Mama? Also bei uns waren solche Zwistigkeiten hurtig aus der Welt geschafft, da gab es kein langes Gelaber, schnell waren solche Meinungsverschiedenheiten wieder vergessen.

Der Spalt in den großen Türen zog mich magisch an. Oftmals stand ich dann allein vor dieser Tür und malte mir aus, wie es da draußen so aussehen mochte. Meine Fantasie ging mit mir durch, egal, ich nahm mir vor, abends Mama mit einzubeziehen.

Eines Tages, ich stand wieder auf meinem Platz vor dem Türspalt und drängte mich ganz eng an das Holz, sah ich eine Rauferei zwischen zwei großen Hunden. Die beiden Kerle beschimpften sich mit Ausdrücken, die ich noch nicht gehört hatte, dann stellte sich der kleinere Hund auf die Hinterfüße und versuchte den anderen Hund an der Kehle zu fassen.

Das war aber ein Fehler, denn der größere Hund warf ihn einfach um. Ich war verzweifelt, so etwas kannte ich noch nicht, deshalb rief ich laut nach Mama.

Ich hatte automatisch die Partei des kleineren Hundes ergriffen, einfach deshalb, weil er rein körperlich dem anderen weit unterlegen war. Mein Gefühl für Gerechtigkeit sagte mir, dass das nicht in Ordnung sei, dieser große und grobe Hund gehörte gemaßregelt!

Ich musste Mama von diesem Kampf berichten und davon, wie ungewöhnlich sich dieser große Hund benommen hatte. Ich war noch ganz aufgeregt, kaum konnte ich zusammenhängende Sätze herausbringen.

Mama nahm diesen Vorfall zum Anlass, abends mit uns über dieses Vorkommnis zu sprechen.

Sie zeigte uns mehrere Möglichkeiten auf, warum es zu dieser Rauferei hatte kommen können. Was wir aber daraus lernten, war die Erfahrung von Mama, dass man zwar seine Meinung dem anderen sagen könne, aber niemals mit so unflätigen Worten, wie das von den beiden vorgemacht wurde. Und keinesfalls sollte eine Keilerei die Lösung eines Konfliktes sein!

Sollte da unsere Mama wirklich richtigliegen? Ich musste zugeben, dass ich in dem Augenblick, als der kleine Hund umgeworfen worden war, gerne dazwischen gegangen wäre und dem Kleinen geholfen hätte.

So ein kleiner Türspalt öffnete für die Neugierigen von uns ungeahnte Möglichkeiten der Beobachtung. Wir sahen riesige Vierbeiner, viel größer als der größte Hund. Sie konnten auch nicht bellen, sondern gaben ein lautes und unbekanntes Geräusch von sich. *Mama, Mama, bitte komm schnell zu uns und sieh dir das an.*

Mama dachte zuerst, es sei was Schlimmes passiert, und stürmte zu uns, sah aber dann die Spalte in der Tür und auch diesen Vierbeiner. *Kinder, kommt mal schnell zu mir, ich muss euch etwas erklären.* Mama versammelte alle Kinder um sich. Wir hörten von ihr zum Thema „Andere Tiere“ äußerst interessante Einzelheiten.

Hier, in unserer kleinen Welt, waren wir diesbezüglich sehr eingeengt. Jetzt eröffnete uns Mama, dass es sich zum Beispiel bei diesen eben gesehenen riesigen „Ungetümen“ um Pferde handelte.

Mama führte weiter aus, dass es verschiedene Rassen auch bei diesen Tieren gäbe und sie in dieser Gegend hauptsächlich zum Arbeiten dienten. Und weil Mama nun mal schon bei solchen großen Tieren war, gab sie uns auch noch einen Überblick über andere große Tiere.

Gebannt hingen wir an ihren Lippen. Wir staunten derart über solche Neuigkeiten, dass Mama mit der Beantwortung aller drängenden Fragen überfordert war und für heute Schluss machte.

Die Wiesenfläche war etwa zu einem Drittel eingezäunt, ich nannte das den Freilauf. Gerade nach so einem Zwischenfall und der darauf folgenden Erklärung durch Mama wurde die kleine grüne Fläche immer für beruhigende Spiele benützt. Wir konnten dabei unsere Aufregung wieder abbauen. Mama verstand es einzigartig, uns wieder auf andere Gedanken zu bringen und uns auf das Abendessen vorzubereiten. Schließlich sollten wir das in Ruhe erledigen und nachher im Schlafstall unsere Nester machen.

Der direkte Zugang vom Freilauf zu unserem Schlafstall war einfach ideal, vor allem für mich. Ich gebe zu, dass ich schon sehr früh damit begonnen hatte, ein Mittagsschläfchen zu machen. So konnte ich frei von etwaigen Hänseleien meiner Geschwister nahezu unbemerkt im Schlafstall untertauchen.

Viel Stroh und Heu waren vorhanden, da kuschelte ich mich hinein und es dauerte meist nur kurze Zeit und ich war im Land der Träume.

Von meinen vielen Geschwistern hatten nur einige wenige dieselbe Idee. Uns hat das auf alle Fälle gutgetan. Auch Mama tolerierte dies und achtete streng darauf, dass wir nicht gestört wurden.

Am späten Nachmittag kam unsere Mama in den Schlafstall. Zuerst musste sie, wie fast immer, Ordnung schaffen. Es gab ein Durcheinander aufgrund der verschiedenen Temperamente. Einige Schlafmützen gähnten immer noch, die Hyperaktiven wollten überhaupt nicht zur Ruhe kommen und dann noch die zwei Streithähne.

Bei denen begann Mama, so hatte ich sie überhaupt noch nie erlebt! Mit ihren großen Tatzen bekamen die beiden so richtig eins über die Ohren. Ganz schnell hatten sie sich dann wieder beruhigt und waren still und friedlich.

Mama knurrte fürchterlich und bei allen kehrte jetzt Ruhe ein. Die Gemaßregelten schämten sich und versteckten sich in den hinteren Reihen. Rasch hatte aber die gesamte Meute diesen Rüffler vergessen, diese schlauen Kerlchen hatten Hunger und wollten an die Mama herankommen.

Diesmal wurden aber einige bitter enttäuscht. Die größeren und kräftigeren Geschwister bekamen von den Hausleuten separates Futter, die anderen durften zu Mama an die süße Quelle.

Was sollte ich mit dieser Nahrung anfangen? Ich erhielt sie in einer Schüssel, musste mich also selbst darum bemühen, satt zu werden. Es bestand ein riesengroßer Unterschied im Geschmack, ich musste mich erst daran gewöhnen. Anderseits wurde mein Hunger mit dieser Form des Fressens schneller und nachhaltiger gestillt.

Trotzdem, ich wäre gerne bei den kleinen Geschwistern gewesen. Doch der zurechtweisende Blick von Mama belehrte mich eines Besseren.

Mama war sehr konsequent, nur die Schwächeren durften an die süße Quelle heran. Jeder Versuch von uns, doch in ihre Nähe zu gelangen, wurde von ihr erkannt und mit einem Knurren unterbunden.

Allen Kindern leckte Mama nach dem Fressen noch über den Kopf, dabei mussten sie sich so einige Ermahnungen anhören, aber sie verteilte auch Lob.

Bevor es dunkel wurde, kamen fremde Menschen zu Besuch. Rechtzeitig wussten wir darüber Bescheid, denn das Glockengeläute war bis in unseren Schlafstall zu hören. Zuerst war Mama auf den Beinen, sehr aufmerksam äugte sie in Richtung Freilauf. Noch tat sich nichts. Die ängstlicheren Kinder schmiegten sich an Mama, die frechen Buben und ich wagten uns raus auf die Freilauffläche, aber immer hatten wir ein Auge bei Mama, unserer Beschützerin.

Da – jetzt hörten wir Leute im Haus reden, es mussten mehrere Personen sein, leider verstanden wir gar nichts, so mussten wir uns überraschen lassen.

Nur Bruchteile von Worten konnten wir auffangen, es ergab für uns keinen Zusammenhang, Mama würde sicher mehr verstanden haben.

Die Leute – Frauen, Männer und zwei Kinder – kamen durch die Haustür und blieben außerhalb des Freilaufes stehen. Wie auch bei uns waren es die Menschenkinder, die unvoreingenommen zur Umzäunung des Freilaufes kamen und uns ihre Hände entgegenstreckten. Sie hatten keine Angst, das war mir sofort aufgefallen. Sie plauderten und zeigten ihre aufrichtige Freude, versuchten, einige von uns sogar aufzuheben. Mama mochte das aber überhaupt nicht. Wahrscheinlich ortete sie Gefahr für ihre Kinder. Erst als die Erwachsenen den Kindern helfen wollten, mehrere Geschwister über die Umzäunung zu bringen, wurde Mama aktiv.

Sie knurrte, diesmal war das aber ein anderes Knurren, gefährlicher, ein kräftiges Brummen aus dem Brustkorb, so als wolle sie zu den Menschen sagen, bleibt stehen und lasst meine Kinder in Ruhe.

Ich merkte mir die Abstufung dieser Knurrlaute sehr genau, später wollte ich versuchen, dieses Knurren nachzuahmen. Meine „Gefährlichkeit" bekäme dadurch etliches an Gewicht.

Erst die Hausleute konnten unsere Mama beruhigen, zur Vorsicht wurde sie aber noch an die Leine genommen. Die Hausfrau erlaubte aber das Herausheben meiner Geschwister nicht, die Aufregung würde allen schlecht bekommen, meinte sie.

Für mich war es faszinierend mit anzusehen, wie Mama das abgestufte Knurren mit den Lefzen variierte, bis hin zu ihrem herrlichen Gebiss, das ebenfalls Respekt abverlangte.

Was machten meine Brüder und Schwestern denn jetzt? Diese Geschwister! Hatten sie denn überhaupt keinen Stolz? Sie liefen zu den fremden Menschen und ließen sich betatschen. Einige Geschwister wurden regelrecht von allen Seiten begutachtet. Wir waren doch keine Ausstellungsstücke! *Bleibt weg vom Zaun, betrachtet die Menschen doch aus der Ferne!*

Ich blieb etwas versteckt hinter der Tür und sah mir diese komische Zeremonie an. Da war doch keiner dabei, den ich sympathisch gefunden hätte.

Die Erwachsenen hatten nur Blicke für die Hunde, ließen die eigenen Kinder aber total außer Kontrolle. *Mama, siehst du das auch, wie verwirrt diese Familie vorgeht?*

Ich erinnerte mich an eine Unterrichtsstunde. Mama meinte damals, dass es die Aufgabe von uns sei, mit Menschen zu leben und auch auf diese aufzupassen. War das vielleicht schon ein Anfang für diese Zeit? Es schien fast so, warum sonst begutachteten uns diese Menschen? Wollten sie uns vielleicht mitnehmen?

Na ja, ich denke nicht, die Leute hatten mitbekommen, dass keine große Sympathie bestand, und Mama hatte auch entsprechend eingegriffen.

Wie ich vermutete, lehrte Mama uns, dass es Menschen gab und diese unbedingt einen treuen Kameraden bei sich haben wollten, mit ihm die Zeit verbrachten, spielten, ihm aber auch ernste Aufgaben überantworteten. Auch sagte uns Mama jetzt, dass gerade Hovawarte sich zum Bewachen des Hauses oder einer Personen besonders eigneten. Dazu käme die unbedingte Treue zwischen Mensch und Tier, die wir zu respektieren hätten.

Mama bereitete uns mit vielen Beispielen aus ihrem Leben auf jene Stunde vor, vor der wir eigentlich unbewusst Angst hatten.

Aber noch war es nicht so weit, wir mussten noch wachsen und stärker werden. Vor allem, meinte Mama, müsse unser Wissen noch vertieft werden.

Ich hatte das Gefühl, dass Mama seit dem Menschenbesuch unsere Ausbildung straffer organisierte. Manchmal meinte sie auch, das müsse rascher gehen und es würde an Aufmerksamkeit fehlen. Fühlte Mama, dass bald der schlimme Zeitpunkt von Trennungen nahte?

Mama hatte uns nie genau über solche Abschiede erzählt, nur unterschwellig erwähnte sie, dass es sicherlich nicht einfach sein werde.

Wenn wir dachten, wir könnten tun und lassen, was wir wollten – weit gefehlt! Das hatte Mama uns schon sehr bald gezeigt, dass die Menschen das letzte Wort hatten, auch Mama musste dem folgen. Es gab im Zusammenleben zwischen Mensch und Hund Grenzen, diese mussten vom Hund und sollten vom Menschen eingehalten werden. Nur so konnte das gegenseitige Verständnis funktionieren. *Ach, Mama, du bist so klug, würden wir das auch jemals von uns sagen können?*

Mama hatte uns regelrecht jeden Tag mit neuen Überraschungen bekannt gemacht. Mit einer Art Stundenplan mussten wir uns Tag für Tag beschäftigen. Keiner konnte sich davor drücken, da hatte Mama ein ganz scharfes Auge und mehrmals konnte ich ihre Maßregelungen hautnah spüren.

Jede Übung begann mit einem anderen Laut, verschiedene Lautstärken waren zu interpretieren und auch die Mimik war unterschiedlich und musste zu dem entsprechenden Wortlaut passen. Ganz schön heftig, aber Mama verstand es, uns das alles spielerisch zu lehren.

Mama drückte jeden Tag mehr auf das Tempo. Auch die emsigsten Schlafmützen – ich war auch damit gemeint – wurden immer mehr gefordert, ein absichtliches Fernbleiben vom Unterricht war bei Mama aussichtslos.

Dafür merkten wir aber ziemlich rasch, dass wir jeden Tag mehr Fortschritte machten. Mama legte Wert darauf, dass wir als künftige Hovawarte das Wachen und Melden lernten. Aber immer wieder durften wir in den Pausen rumtollen, wettlaufen oder einfach schon jeder gegen jeden „kämpfen“.

Mama ließ uns gerne gewähren, so konnte sie sich erholen. Trotzdem musste sie manchmal einschreiten und aufgeschaukelte Gemüter wieder in vernünftige Bahnen lenken.

Falls es tatsächlich ein Raufbold schon mal zu arg trieb, hatte Mama ihre Methode, jeder dachte noch Tage später an diese Situation. Aber auch das gehörte zum Ausbildungsplan von Mama.

Unsere Rasselbande wurde ein eingeschworenes Team. Es kam jetzt öfter vor, dass unbekannte Menschen durch das große Tor des Vierkanthofes kamen. Es lag wohl in unserer Natur, dass wir jeden Fremden unvoreingenommen und freundlich begrüßten und uns streicheln ließen.

Die Hausleute erlaubten es den Besuchern bereits, einen bestimmten kleinen Hovi über den Zaun zu heben und abseits von den anderen zu beobachten.

Ich muss der Ordnung halber erwähnen, dass bei all diesen Vorgängen Mama im Haus eingesperrt war. Sie hätte nie erlaubt, dass fremde Menschen uns einfach aus der Umzäunung hoben. Ich hielt mich im Schlafstall auf und musterte schon beim Eintritt von Besuchern jeden Menschen. Fiel die Prüfung negativ aus, verschwand ich unter dem Stroh, ich fehlte einfach und keiner bekam mich zu sehen.

In den nächsten Tagen aber passierte es, dass nach solchen Besuchen unser Kindergarten von Mal zu Mal weniger wurde. Ich konnte es mir nicht erklären, aber es ging mir doch sehr nahe, vor allem hatte ich keine Ahnung, was mit den Geschwistern passierte, wohin sie kamen. Ich hoffte auf Mama, dass sie mir meine Fragen beantworten könnte.

Wenn auch die beiden Raufbolde jetzt nicht mehr bei uns waren, es blieb traurig und wurde immer stiller. Die beiden hatten immerhin Abwechslung in die Runde gebracht.

Einmal war dann auch mein bester Kindergartenfreund, ein blonder Hovi, fort und auch Mama konnte uns nur die Erklärung geben, dass die Menschen gute Wachhunde brauchten, darum seien sie zu den Menschen gekommen.

Unsere Familie war inzwischen auf Mama und wenige Kinder geschrumpft. Ich hoffte sehr, dass diese Besuche in nächster Zeit ausblieben, es war doch unmöglich, dass wir künftig ohne Mama wären. Ich würde mich weiter im Stroh verstecken, blieb für die Besucher unsichtbar und somit kannte mich auch niemand.

Immer wenn Menschen zu Besuch ins Haus kamen, dann fehlte ein Geschwisterchen, das war schon sehr schmerzlich. Bevor das blonde Brüderchen mitgenommen wurde, war er zu mir gekommen und hatte sich ausgeweint. Er hatte solche Bedenken, wie denn seine Zukunft aussehen würde, er wollte wissen, ob er manchmal hierherkommen könne, um seine Mama zu besuchen.

Es nutzte alles nichts – mein blonder Bruder wurde ohne Komplikationen ins Auto gepackt und weg war er. *Leb wohl, Bruder, vielleicht sehen wir uns noch einmal.*

Wann sollte ich weggebracht werden, wann war ich an der Reihe? Je mehr Geschwister wegkamen, umso größer wurde das Risiko, dass man mich entdeckte. *Mama, ich will aber nicht von dir weg, halte mich fest und verstecke mich! Ganz ehrlich, Mama, ich habe noch keinen gesehen, zu dem ich hätte gehen wollen, alle waren so aufdringlich und laut, auch der Geruch passte nicht!*

Ein erstes Misstrauen gegenüber fremden Menschen manifestierte sich. Mama sagte uns jetzt immer, seid wachsam und beobachtet eure Umgebung.

Die Hausglocke schellte eindringlich, ich sprang auf, sauste in den Schlafstall und versteckte mich hinter dem Stroh. Nicht zu früh, denn schon kamen wieder zwei Besucher durch das große Tor.

Meine wenigen Geschwister dachten ganz anders, die Neugier überwog und sie sprangen den Besuchern entgegen.

Sie sprangen hoch, jaulten, bettelten sogar, sie taten alles, nur um auf sich aufmerksam zu machen. War das gut? War das wirklich die Art eines Hovawart?

Ich hörte die beiden über die kleinen Hunde sprechen, für jeden hatten sie nette Worte und Streicheleinheiten.

Setze die Nase ein, hörte ich meine Mutter leise zu mir sagen. Sie war neben mir und beobachtete mich sehr eindringlich. *Die Nase, kleiner schwarzer Sohn*! Also wagte ich mich etwas nach vorne, schloss meine Augen, damit ich die Gerüche noch besser in mich aufnehmen und identifizieren könne. Alle bisherigen Besucher hatten für mich ungünstige Gerüche, keine schlechten Gerüche, aber sie waren für mich nicht ansprechend, ich fühlte mich nicht hingezogen.

Bei diesen beiden Menschen jedoch war dies anders. Da erreichte mich eine ansprechende Strömung, meine Nasenflügel blähten sich auf. Wer waren diese Menschen, die solch einen angenehmen Duft verströmten?

Aber vielleicht war das ja eine Täuschung, bis jetzt hatten die Besucher immer unangenehme Gerüche ausgesandt. Mama war hinter mich getreten. *Kleiner Sohn, ich beobachte dich nun schon eine geraume Zeit, was ist mit dir, hast du schon eine Entscheidung getroffen? Sei tapfer und richte nur einen kurzen Blick auf den Mann.*

Da siegte einmal mehr die Neugier. Ich verließ auf Drängen von Mama ganz langsam unseren Schlafstall, blieb aber bei der Türe stehen und sah zwei fremde Menschen, eine Frau und einen Mann.

Instinktiv hatte ich ein anderes Gefühl. Mamas Belehrungen wirkten auf mich, ich ließ mir Zeit, ich wägte ab und überlegte, was würde ich machen, wenn mich diese Frau oder dieser Mann mitnehmen sollte. Würde ich mich dagegen sträuben, um mich beißen oder sonstige Unarten zeigen? Ich hatte mir vorgenommen, niemandem freiwillig zu folgen! *Mama, schau dir nur diese Peinlichkeiten an!* Die Geschwister hatten sich mit den Vorderfüßen auf die Bretter gestellt und begrüßten die Besucher. Sie gebärdeten sich richtig aufdringlich, wollten von den Leuten aus dem Laufstall herausgehoben werden – das war nicht mein Stil.

Mama versuchte, mir die Denkweise der kleinen Geschwister zu vermitteln. Sie wollten nicht übrig bleiben, sie drängten nach draußen, wollten etwas erleben, versuchten, ihren Bestimmungen gerecht zu werden. Ich verstand nicht alles, ließ es aber so im Raume stehen.

Nun ja, dachte ich mir aus der Entfernung, der Mann sah ja ganz nett aus, auch der Geruch war sympathisch, den wollte ich mir näher anschauen. Die Frau hatte inzwischen meine kleine Schwester auf den Arm genommen, die beiden verstanden sich offensichtlich sehr gut.

Vorsichtig verließ ich meine Deckung hinter der Tür und ging langsam und bedächtig in Richtung der beiden. Sollte sich auf dem Weg zu diesen Menschen irgendetwas ereignen, das hatte ich mir fest vorgenommen, so würde ich umdrehen und wieder im Schlafstall verschwinden. Doch alles blieb normal, somit setzte ich vorsichtig meinen Weg fort.

Ich musste über meine Geschwister steigen, sonst kam ich an den Mann nicht heran. Ich weiß es jetzt nicht mehr ganz genau, aber ich habe ihn zuerst ausgiebig beschnüffelt und ihm zum Schluss so richtig einen ausgiebigen „Schlecker" gegeben. Der Mann war richtig erschrocken, redete aber mit ruhigen und sanften Worten auf mich ein. Er sagte zum Beispiel: „Du Kletterzunge, wer hat dir denn das gezeigt?"

Ich erschrak über meine Tapferkeit, über mein Benehmen und meine unkontrollierte Art, diesem Mann einfach einen Kuss zu geben. So etwas hatte ich nicht vorgehabt, das war aus einer inneren Eingebung gekommen. Vor lauter Verlegenheit und Aufregung musste ich nun zu Mama, ich musste ihr das erzählen, musste ihr gestehen, dass dieser Mann meinen Vorstellungen entsprach. Die Meinung von Mama war mir sehr wichtig.

Es war etwas, was uns Mama immer mit Instinkt beschrieben hatte. Mama meinte damals, man könne Instinkt nicht vorhersehen, man müsse sich einfach überraschen lassen und dann entscheiden.

Dieser Mann war mir vom ersten Anblick an sympathisch, trotzdem, ein bisschen Vorsicht ließ ich schon noch erkennen. Hin und her gerissen zwischen meiner Angst, von Mama weggeholt zu werden, und dem Wissen, dass ich sicher demnächst weg musste, schüttete ich ihr mein Herz aus.

Natürlich fiel Mama mein ungewohntes Benehmen auf und sie fragte mich, was sich in mir ereignet hätte, als ich mit dem Mann Kontakt hatte.

Ganz aufgeregt erzählte ich ihr alles:

Du, Mama, den Mann kann ich gut riechen. Ganz vorsichtig hat er mich aufgehoben, und obwohl ich nicht alles verstand, war seine Stimme sehr einschmeichelnd. Ich glaube, das ist er!

Mama hörte mir ruhig zu, nickte zustimmend und sah sich die beiden Menschen dann aus der Entfernung selbst an. Sie konnte nichts Böses finden. Mama und ich äugten in Richtung des Mannes, sie gab mir einen zärtlichen Klaps und drängte mich nochmals, in Richtung dieses Mannes zu gehen.

Bevor ich noch etwas sagen konnte, wurde ich aus dem Kreis herausgehoben. Mit sanften Worten redete der Mann auf mich ein und drückte dabei sein Gesicht ganz eng an mich. In diesem Augenblick war es um uns beide geschehen, wir hatten uns gefunden!

Jetzt war ich mir sicher, wenn ich schon von hier weg musste, dann wollte ich nur mit diesem Mann gehen.

Mama, zu dem will ich, der passt zu mir!, rief ich nach hinten. Ich sah Mama mit gesenktem Kopf, sie wusste, jetzt ging wieder ein Kind von ihr.

Meine kleine Schwester war derweilen immer noch auf dem Arm der Frau, sie verstanden sich gut. Jetzt kam aber das Problem.

Die Frau und der Mann gehörten zusammen und konnten nur ein Hundekind mitnehmen. Keinesfalls wollte ich auf den Mann verzichten. Meine Schwester, die kleine Träne, hatte schon wieder ihre traurigen Augen auf die Frau gerichtet in der Hoffnung, sie damit zu gewinnen. Für einen kurzen Augenblick war ich fast geneigt, meiner Schwester den Vortritt zu lassen.

Da kam von Mama eine unmissverständliche Ansage in Richtung meiner Schwester. Ich sah, wie diese sich von der Frau löste und hin zu Mama drängte. Die Frau glaubte, einen Fehler gemacht zu haben, dabei war es Mama, die die Entscheidung fällte.

Die Entscheidung war also gefallen, auch Mama war damit einverstanden. Ich gehörte ab jetzt zu diesem Mann, hoffentlich würde ich nie von ihm enttäuscht. Er konnte aber sicher sein, dass ich immer ein treuer Gefährte sein würde.

Mama hörte dieses Versprechen ebenfalls. Sie war sehr stolz auf mich, weil ich schon wie ein erwachsener Hund sprach und handelte. Mama wünschte mir alles Liebe und viel Glück.

Ich bekam von dem Mann ein rotes Halsband, das er mir um den Hals streifte. Dabei leuchteten seine Augen voller Glück. Ich sah das sehr wohl und vor lauter Stolz brachte ich kein Wort heraus, aber Mama verstand mich. Jetzt wusste sie, dass ich mich anderweitig orientiert hatte. Das war einfach der Lauf des Lebens, auch sie selbst hatte einst vor so einer Entscheidung gestanden.

Keiner meiner Geschwister hatte ein so schönes Band bei deren Abholung erhalten. Es musste eine besondere Beziehung zwischen uns entstanden sein.

Der Mann stellte mich wieder in den Laufstall zurück und sagte zu mir noch einige Worte, die ich aber nicht verstand. Trotzdem war der Klang seiner Stimme fest, ruhig, aber dennoch bestimmend.

Ich wollte eigentlich zu Mama, um ihr das Halsband zu zeigen, ihr zu sagen, dass ich gerne mit dem Mann gehen würde, ihr einfach zu zeigen, dass ich mich an alle Weisheiten erinnerte und ihr keine Schande machen würde.

Ich blieb jedoch in der Nähe des Mannes, signalisierte ihm immer wieder meine Zuneigung und wollte ihm für das schöne Band danken.

Obwohl ich Mama nicht sah, wusste und fühlte ich, dass sie in der Nähe war. Sicherlich wollte sie in mir keinen Gewissenskonflikt auslösen. Jetzt hielt sie sich versteckt. Was wohl in ihr vorging, ahnte sie meine Freude?

Es war nahezu schon Abend, die Hausleute kamen mit dem Mann und der Frau zum Laufstall. Ich lief fast schon freudig zu dem Mann, stellte mich quasi neben ihn, ganz so, als ob wir uns schon lange kennen würden, und verabschiedete mich: *Ihr lieben Hausleute, seht her, das ist mein neues Herrchen!*

Und siehe da, ich hatte meinem Herrchen das ausschließlich mit den Augen gesagt, aber es funktionierte. Herrchen hob mich auf seinen Arm und dokumentierte damit, dass wir zusammengehörten.

Der Mann sagte zu mir „Canis“, doch ich hatte keine Ahnung, was er damit meinte, was das hieß.

Ich bekam eine schöne Leine an das Halsband und durfte jetzt allein mit dem Mann einen Spaziergang vor dem Vierkanthof machen. Erstmals schritt ich durch das große Tor, bisher konnte ich ja nur durch diesen engen Spalt einige Dinge beobachten. Jetzt bot sich mir ein farbenprächtiges Bild an Überraschungen.

Abgesehen von den ausgedehnten Wiesen sah ich dort einen Bach fließen, Kinder und deren Eltern wanderten entlang eines Weges. Da – zwei Hunde liefen mit den Kindern um die Wette. *Herrchen, dieses Pferd dort drüben, das sah ich bereits durch einen kleinen Spalt in der Tür, und diese lauten und übel riechenden Kisten sehe ich jetzt ganz aus der Nähe.*

Mir wurde schwindelig von diesen vielen neuen Eindrücken, doch mein Wunsch, endgültig zu erfahren, was sich außerhalb des Hauses abspielte, ging in Erfüllung.

Mein neues Herrchen zeigte mir seine große Geduld, überallhin folgte er mir. Viele verschiedene Gerüche, Sträucher, Bäume, kleine Tiere und Menschen begegneten uns. *Herrchen, da möchte ich hin! Nein, doch lieber dorthin!* Mir kam schon alles durcheinander.

Mit diesen Eroberungen und neuen Eindrücken entfernten wir uns ziemlich weit weg von meinem Elternhaus. Ich sah immer nur vorwärts, nie zurück. Mein neues Herrchen führte mich an der Leine und diese Verbindung gab mir Selbstvertrauen – es konnte mir nichts geschehen, Herrchen war immer bei mir.

Mama hatte auch das vorhergesehen. Allerdings hatte sie uns Kinder auch darauf hingewiesen, dass dieses Gefühl der sicheren Leine trügerisch sein und auch zu Missverständnissen bei anderen Hunden führen könne.

Es traf mich wie ein Blitz – plötzlich fiel mir Mama ein. *Herrchen, wo ist das große Haus, in dem meine Mama wohnt?* Es umgab mich einfach nur Angst, ich hatte zu lange Zeit ohne meine Mama in fremder Umgebung verbracht, nun wollte ich mit aller Vehemenz zurück. Ich war dem Weinen nahe. *Liebes Herrchen, bring mich zurück!*

Ich zog in die angenommene Richtung, dort musste doch der Bauernhof sein, aber das große Tor war bereits geschlossen. Wie konnte ich mich meiner Mama bemerkbar machen? Durch Bellen? Also versuchte ich, mit ganzer Kraft die Luft aus der Lunge zu pressen, aber es kam nur ein leises Krächzen heraus. Das hörte doch Mama nie!

So gerne ich diesen Mann auch hatte, ich musste wieder zu meiner Mama, ich brauchte sie doch! Aber vergebens, der Mann verstand wohl, wohin ich wollte, aber nicht, dass ich zu Mama musste, wir hatten uns doch noch nicht verabschiedet! Vor Aufregung begann ich am ganzen Körper zu zittern.

Zum Glück hob er mich auf seinen Arm und sprach mit mir in einem beruhigenden Tonfall. Er erzählte mir über das neue Heim, über den Garten und über die vielen Möglichkeiten auf unseren Spaziergängen.

Ganz langsam konnte mich Herrchen beruhigen. Dazwischen hörte ich mich selbst schluchzen, es schüttelte mich richtig.

Bei diesem langen und geduldigen Gespräch von Herrchen erfuhr ich auch, dass Canis mein Name sein sollte. Seltsam, solch einen Namen hatte ich von Mama nie gehört. Trotzdem – irgendwie gefiel er mir, er war kurz und prägnant.

Die verschlossene Tür zu meinem Heim löste bei mir Panik aus. Immer hatte ich zu Mama gekonnt, jetzt auf einmal sollte das nicht mehr so sein. *Mama, steckst du hinter dieser Anordnung?*

Ich weiß, Mama, du hast uns schon seit geraumer Zeit darauf vorbereitet, dass wir nicht immer hier bleiben können, dass fremde Menschen uns zu sich holen und wir niemals mehr die Geschwister und dich, Mama, sehen würden.

Aber es bestand einfach ein Unterschied zwischen langsamer Vorbereitung auf ein Ereignis und der Tatsache, dass es heute – nein, jetzt gleich geschehen sollte. *Verzeih mir, Mama, ich versuche gerade, gefasst zu bleiben, aber eine Bitte habe ich noch: Sage allen im Kindergarten die herzlichsten Grüße! Und du, Mama, warst für mich immer ein Vorbild, so möchte ich immer sein.*

Herrchen bekam sicher mit, dass in mir ein Kampf tobte, hin- und hergerissen versteckte ich meinen Kopf in Herrchens Armen. Wie gut, dass er schon nach so kurzer Zeit unserer Bekanntschaft auch meinen Kummer verstand.

Auch Frauchen sprach leise und beruhigend auf mich ein. Wir gingen langsam zu diesem Blechkäfig, Frauchen öffnete die Türen, ich wechselte auf Frauchens Arme und Herrchen fuhr mit uns weg von diesem Bauernhof, meinem Geburtshaus.

Einem inneren Zwang gehorchend blickte ich nochmals zurück, sah aber nur mehr das schwindende Haus. Wie mochte es meinen Brüdern und Schwestern ergehen, die schon seit Tagen nicht mehr bei uns waren? In meinem Schmerz fielen mir die Augen zu und Frauchen drückte mich ganz eng an sich.

– Meine kleine Welt –

Meine Mama war nicht mehr bei mir, ich musste mich allein zurechtfinden. Mir war vom Schaukeln des Blechkäfigs ziemlich schlecht, ich musste etwas spucken. Aber die Frau machte wieder alles sauber, so wie Mama auch, nur etwas anders.

Furchtbar war das, bis noch vor kurzem hatte ich mit allem und jedem zu Mama kommen können, jetzt konnte ich nur mehr fest an sie denken. Ich probierte das auf alle Fälle, ich hoffte, dass ich mit geschlossenen Augen und voller Konzentration Mama sehen könnte, vielleicht konnte sie mir einige Fragen beantworten.

Ich ertappte mich dabei, dass ich fast weinte. *Sei tapfer, Hovi, redete ich mir immerzu ein, es beginnt für dich ein neuer Lebensabschnitt, es wird schon werden, hab ein bisschen Geduld.*

Ich durfte während der Fahrt zuerst in den Armen von Frauchen sitzen, etwas später vorne auf dem Beifahrersitz auf dem Schoß der Frau. Vor dem Hause angekommen, musste ich zunächst dringend mein „Lackerl" machen.

Danach kam ich wieder zu Herrchen. Dieser ging mit mir in den Garten, in dem so viele Blumen und Sträucher blühten. Diese Schönheiten ließen mein Heimweh etwas in den Hintergrund treten und mithilfe von Herrchen erhielt ich einen ersten Geografieunterricht. Das war schon wichtig, denn immerhin sollte ich mich ja in Zukunft hier zurechtfinden.

Herrchen und ich gingen nach diesem ersten Kennenlernen zurück zum Blechkäfig. Herrchen korrigierte mich bezüglich meines Ausdruckes „Blechkäfig". „Das ist ein Auto, das brauchen wir, um Besorgungen zu machen oder auch um dich zum Doktor zu fahren."

Ich nahm zur Kenntnis, dass dieses Auto für meine Familie wichtig war, trotzdem war ich froh, dass wir zu Hause waren.

Was sagte uns Mama in einer ihrer Lehrstunden? Alles kam mir jetzt durcheinander, so viele schwierige Situationen waren zu beachten. Einerseits hatte ich immer noch die guten Ratschläge von Mama im Kopf, andererseits sagt der Mann mir Dinge, die ich noch nicht verstand, nicht zuordnen konnte, die ich aber so gerne verstehen wollte.

Jetzt wusste ich es wieder, was Mama noch sagte! Wir sollten uns unbedingt einen Namen für das Herrchen ausdenken, einen Namen, der leicht zu merken sei, aber viel wichtiger sei ein Name, der zu meinem neuen Herrchen passte. Es war aber gar nicht so einfach, für diesen Mann einen passenden Namen zu finden.

Wie nenne ich ihn aber nur? Mama, ist die Welt bei den Menschen immer so schwierig?

Da hatte Mama schon Recht, ich musste mein Herrchen mit einem Namen ansprechen, es war doch unmöglich, im Kreise von Hundefreunden immer „Herrchen" zu sagen. Die würden ja weiß Gott was denken.

Meinen Namen hatte mir Herrchen eigentlich sehr spontan gegeben, ich musste nur noch erkunden, welche Bedeutung dieser Name hatte.

Mama erzählte uns einmal eine Geschichte von einem starken Mann, der in seinem Leben viel im Wald arbeitete, auch mehrere Hunde hatte und von diesen „Alpha" gerufen wurde. Er war sozusagen der Rudelführer, alle gehorchten ihm.

War das in dieser Familie nicht genau so? Ich hatte schon das Gefühl, dass auch mein Herrchen unser Alpharüde war, also unser Rudelführer. Mama hatte wieder einmal mit einem Vergleich aus dem Leben eine Lösung gefunden. Sicher hatten auch meine Geschwister so ein Problem zu lösen, ob auch sie sich an diese Geschichte erinnerten?

Herrchen, bist du einverstanden, dass ich dich Alpha nenne? Ich denke, dieser Name passt einfach zu dir. Erlaubst du es?

Dieser Erkundungsgang in der Nähe des großen Hauses war für mich auch deshalb wichtig, weil ich diese Zeit mit der Betrachtung meines Herrchens – nein, von Alpha nutzen konnte. Erstmals konnte ich mir ein Gesamtbild machen. Alpha hatte für mich das richtige Menschenalter, er verhielt sich ausgeglichen und zeigte für mich jungen Hund großes Verständnis.

Alpha schenkte mir sehr viel Zeit, aber nur dadurch konnte ich die Erwartungen, die Alpha an mich stellte, rasch erfüllen.

Mein erstes Prüfergebnis von Alpha fiel sehr gut aus. Mama wäre da sicherlich auch meiner Meinung.

Ich schaute Alpha lange an, kein Wort wurde gesagt. Ich dachte, Alpha wolle einfach meinen Eindruck sehen, meine Reaktion auf die neue Umgebung. Sie war durchaus positiv. Dieser schöne, große Garten mit den vielen verschiedenen Blumen und kein Zaun, der mich bei meinen Wanderungen behindert hätte.

Hier konnte ich die notwendige Bewegung finden und würde auf alle Fälle diesen Garten sehr viel nutzen. Zurzeit musste ich mich aber noch ganz nach Alpha richten, ich brauchte seinen „Lift", denn er wollte nicht, dass ich selbstständig die Treppe benutzte.

Meine Gefühle waren ganz schön durcheinandergekommen. Weil ich noch so klein war, war ich in allen Dingen so unsicher, so zerbrechlich. Ich hatte zwar mein Herrchen und mein Frauchen, die total lieb zu mir waren, aber dennoch, die beiden verstanden nur sehr wenig und wie sollte ich mich ihnen gegenüber verständlich machen? Mama würde mich wegen dieser Unzufriedenheit sicher tadeln, mir aber gleichzeitig raten, mir doch Zeit zu lassen.

Ich musste mich ausruhen, dieser Tag war wahrlich anstrengend gewesen. Mein gewohntes Mittagsschläfchen war ausgefallen, dann die Aufregung der Fahrt, des ersten Spazierganges, der Namensgebung und die Gewissheit des endgültigen Abschiedes von meiner Mama – all das nagte ziemlich an meinem kindlichen Gemüt.

Alpha hatte es erkannt. Auf seinem Arm ging es hinauf in den ersten Stock in „meine" Wohnung.

Ich wäre kein Hovawart, hätte ich mich nicht trotz der Müdigkeit sofort auf eine Erkundungsreise begeben. Alle Räume wurden besichtigt, beschnüffelt und für in Ordnung befunden. In der Diele war eine wunderschöne, große Decke ausgebreitet. Herrchen meinte, die gehöre mir. Eine eigene Wasserschüssel stand in der Nähe.

Sosehr ich auch bei meinen Geschwistern als „Langweiler" und „bequemer Hovi" bekannt war, so sehr liebten sie mich wegen meiner Schlagfertigkeit. Wir Kinder hatten uns alle zusammen bestens ergänzt.

Verzeiht mir, liebes Frauchen und Herrchen, dass ich manchmal den noch frischen Erinnerungen nachhänge, aber so schnell kann man das nicht abschütteln.

Die wenigen Geschwister, die noch da waren, hatten mich beim Abschied lange angesehen. *Bleib doch da, wir brauchen dich doch,* so hatten sie gejammert und das immer lauter.

Mich hatte aber dieser Mann mit seiner ruhigen und lockenden Stimme interessiert. Der einzige Trost gegenüber meinen Geschwistern war:

Weint nicht, vielleicht sehen wir uns ja mal wieder, heute gehe ich jedoch mit diesem Mann. Schaut mal, dieses schöne rote Halsband habe ich bekommen!

Ach, diese Erinnerungen, immer noch waren sie hautnah da, warum quälten sie mich so?

Ich erinnerte mich an die Belehrungen von Mama, die uns wiederholt darauf aufmerksam gemacht hatte, dass wir gerade anfangs sehr gehorsam sein sollten. Unser angeborener Dickkopf müsse einfach vorerst in den Hintergrund treten. Mama hatte uns immer beigebracht, dass wir lieber zweimal „Ja" als einmal „Nein" sagen sollten. Wenn wir aber mit der Zeit unsere Menschen besser kennen würden, dann sollten wir unsere eigenen Entscheidungen treffen.

Früh genug würden die beiden merken, dass sie keinen normalen Hund hatten. Ein Hovi war zwar absolut treu, aber ebenso selbstbewusst und eigenständig.

Keinesfalls durften Herrchen und Frauchen von mir einen falschen Eindruck erhalten, sie würden sonst jede Situation falsch deuten und mich womöglich tatsächlich als „stur“ einstufen. Noch schlimmer wäre aber ihre Bewertung, ich sei dumm.

Ich konnte nur hoffen, dass sich die beiden eingehende Lektüre über Hovawarte besorgt hatten. Da war ganz eindeutig nachzulesen, dass unsere Rasse bekannt für Treue, Wachsamkeit und Eigenständigkeit, aber nicht für Sturheit war.

Liebes Herrchen, bitte habe Verständnis. Ein Hovi ist nicht unbedingt der gehorsame Befehlsempfänger, ein Hovawart überlegt, bevor er etwas ausführt. Aber, liebes Herrchen, ist das nicht sinnvoller?

Nur Menschen ohne Hundeerfahrung, auf alle Fälle aber ohne Hovawart-Erfahrung, dächten so, aber sehr schnell, so erzählte uns das die Mama, würden gerade diese Menschen zu absoluten Hovi-Freunden.

Bevor ich mich also auf diese schöne Decke niederlegte, hörte ich, wie Alpha rätselte, warum er Alpha genannt werde. Viele Möglichkeiten erwähnte er, aber auf das Einfachste kam er nicht. Bei dieser Namensfindung hatte ich doch nur Mamas Geschichte von dem Mann mit seinen Hunden vor Augen und dann dich selbst, dein Aussehen, wie du dich gibst und wie du dich verhältst. Das genügte mir, um dich Alpha zu nennen.

Auch war ich mir von Anfang an sicher, dass du als mein erstes Herrchen auch das einzige für mich bleiben wirst.

Diese Entscheidung hatte ich ganz allein getroffen und ich war sehr überzeugt davon, dass es die richtige war.

Alpha war eigentlich ein schöner Name, ein Name, der sehr viel Aussagekraft hatte, der zu meinem Herrchen passte und der allen sofort signalisierte: Achtung, da kommt der Rudelführer, macht Platz!

Alpha und Canis, zwei kurze und prägnante Namen, die auf Kameradschaft, auf Treue und Verlässlichkeit, Vertrauen und Liebe hinwiesen. Mit diesen Attributen begann eine wunderschöne Freundschaft, voller Zuneigung und gegenseitigem Respekt.

Schon am nächsten Tag, gleich frühmorgens, wartete Alpha schon auf mich in der Diele, die Leine und das Halsband in seiner Hand. Meine Augen kämpften noch mit dem Schlaf, ganz langsam wurde ich munter, streckte mich so richtig wohlig und gähnte noch einmal herzhaft mit einem gurgelnden Laut, was so viel hieß wie „Ich bin jetzt fertig, Herrchen du auch?".

Noch vor dem Frühstück ging es mit dem Alpha-Lift in das Erdgeschoss. Alpha öffnete die Haustür, draußen schaute uns bereits die Sonne zu. Ich ging mal rasch rechts in das Gras und machte mein „Lackerl".

Alpha erklärte mir unser Vorhaben, wir wollten auf einem Spazierweg durch einen Buchenwald zu einem Bach gehen.

Halt, Alpha, bleib stehen! Da waren andere Hunde, aber die sahen ganz anders aus. Ich wurde richtig aufgeregt, wieso durften die allein herumlaufen? Ohne Herrchen oder Frauchen, ganz allein! „Ruhig, Canis", meinte Alpha, „du wirst noch so viele Hunde kennenlernen."

Da – ein für mich riesiger Kerl kam langsam auf mich zu. Zuerst beschnupperte er mich von vorne bis hinten und drehte sich dann ohne jedes weitere Wort von mir ab, so als ob ich nicht existierte.

Mama hatte uns auch Höflichkeit gelehrt, das war aber ganz gewiss nicht die feine Art, einem Kind höflich entgegenzutreten.

Das war schon eigenartig, dachte ich mir, nicht ein Wort der Begrüßung, überhaupt nichts. Ich war total verunsichert. Aber das war ja auch kein Hovi, das war sicher die richtige Erklärung für dieses unhöfliche, ja, fast arrogante Verhalten.

Erst ein etwas kleinerer Hund, ein freundlicher Kerl, rettete die Situation. Der hatte das Zeug zum Clown, denn sein schrilles Bellen forderte seinen riesigen Freund und mich zum Fangenspielen auf. Ich hielt aber nicht lange durch und verordnete mir selbst eine Pause – meine erste selbstständige Entscheidung als Hovi. Das war doch überhaupt nicht schwer!

Verstohlen suchte ich Alpha, es könnte ja sein, dass er mit meiner Entscheidung nicht einverstanden wäre. Er hatte zwar zugesehen, sagte aber kein Wort. Ich wertete dies als Lob für mich, ich wurde selbstständig.

Ich spürte Gras unter meinen Pfoten, ein idealer Platz, um ausgiebig „Lackerl" und auch das „andere" zu machen. Mama hatte mir das gezeigt und gesagt, das sei wichtig. *Damit sagst du allen anderen Hunden, der Platz gehört mir, da steht mein Name drauf!*

Alpha, der uns zusah, kam nun zu mir. Er leinte mich an und wir gingen zusammen die kurze Strecke nach Hause bis zum Hauseingang. Mit dem höchstpersönlichen „Alpha-Lift" ging es dann in den ersten Stock des Hauses zum Frühstück. Frauchen hatte schon alles vorbereitet, auch frisches Wasser stand bereit. Ich ließ es mir so richtig schmecken, war es doch meine erste richtige Mahlzeit im neuen Heim.

Neben der Wasserschüssel lag diese wunderschöne, schwarze Decke. Und im Nebenzimmer stand ein Hundekorb, ziemlich groß, aber zum Glück nicht zu hoch. Somit konnte ich ohne Schwierigkeiten hinein. Kaum lag ich drinnen, da spürte ich auch schon eine herrliche Müdigkeit, meine Augen wurden immer kleiner.

Ich hatte kein Gefühl für Zeit, ich lebte in den Tag hinein, Alpha und Frauchen würden mir schon die entsprechenden neuen Dinge sagen. Nur nicht vordrängen, das schickte sich gar nicht, und außerdem war es in meinem Körbchen so warm und kuschelig.

Nachdem Alpha und mein Frauchen überhaupt keine Einsicht hatten, dass so ein kleiner Hovi zum Aufstehen sehr viel Zeit und Geduld brauchte, lockten sie mich mit süßen Worten. Ach, waren diese Leute Schmeichler! Aber ich genoss sehr, dass man sich um mich bemühte.

Wie war das, aufstehen soll ich? Na ja, also gut, aber nur nicht übertreiben.

Ich hörte nur halb auf das Gespräch zwischen Alpha und Frauchen, ich musste mich jetzt ganz auf die vielen neuen Gerüche und Gegenstände konzentrieren. *Also seid bitte etwas ruhiger und lasst mich machen.* Mama hatte mich gelehrt, wie man das machte. *Seht mir zu, ihr werdet einiges daraus lernen.* Mama hatte uns oftmals eingetrichtert, dass der erste Eindruck immer ausschlaggebend sei.

Zuerst achtete ich aus wichtigen Hovi-Gründen auf die typischen Gerüche, die mit Fressen zu tun hatten. Da gab es meiner Entscheidung nach nur eine Richtung und genau dort würde ich beginnen.

Zuerst ging ich also ganz vorsichtig zu jenem Raum. Der Holzboden war so rutschig, dass es mich gleich erst mal auf den Hintern setzte.

Ja, diesen Raum musste ich mir ganz tief im Gedächtnis einprägen, fast aus jeder Ecke strömten andere Gerüche auf mich ein. Ich würde diesen Raum das Fresszimmer nennen.

Die anderen Räume waren auch ganz nett, doch mein Blick ging immer wieder zurück zu diesem „Zimmer der verlockenden Gerüche", ganz lösen konnte ich mich nicht.

Das Beschnüffeln der vielen Gegenstände dauerte, aber da sah ich einen kleinen Artgenossen in der Ecke stehen. Ein Hovi war das nicht, also nichts wie hin. Eigentlich wollte ich ihm klarmachen, dass das mein Revier sei, doch er roch nach überhaupt nichts.

Schnell hatte ich verstanden, dass dieses Ding zum Spielen da war, aber große Begeisterung rief diese Nachahmung bei mir nicht hervor.

Zurzeit waren meine liebsten Spielzeuge Schmetterlinge, die torkelnd über die Wiesen flogen. Da musste ich mich ziemlich anstrengen, um halbwegs in die Nähe eines solchen „Fliegers" zu gelangen.

Der Rundgang war fertig, Alpha und mein Frauchen hatten mich auf Tritt und Schritt begleitet. Aber nun hörte ich erstmals das Wort „Küche". Hatte ich einen Raum übersehen? Nein, das gut riechende Fresszimmer war die genannte Küche. Der neue Name war auch in Ordnung, mein Name stand jedoch in Bezug zur Tätigkeit. Ich würde aber in Zukunft den Namen Küche verwenden.

Die Küche also – offensichtlich hatte die Frau etwas zubereitet. War das für mich? Hunger hätte ich schon! Oh, das sah gut aus. Alpha hatte schon Platz genommen, Frauchen hantierte noch mit den Küchendingen. Und wo sollte ich sitzen? Das war meine Sorge, ich sah nämlich keinen freien Stuhl.

Jetzt hätte Alpha fast einen verhängnisvollen Fehler gemacht. Ich bettelte zu seinen Füßen: *Alpha, ich sehe nichts, hebe mich doch bitte auf deinen Schoß.*

In seiner Gutmütigkeit gab er nach, hob mich hinauf und meinte: „Aber nur kurz, damit du siehst, das gehört den Menschen und ist nicht für dich bestimmt."

Nein, hieß es, denn ich hatte schon meine lange Nase in gefährliche Nähe des herrlichen Duftes gebracht. Ich war schon so nahe dran! Das Wasser sammelte sich bereits in meinem Mund. *Alpha, halt mich nicht so fest!*

„Nein, Canis, das gehört nicht dir." Na so was, „Nein" hieß also jenes Wort, mit dem ich noch viele Jahre zu kämpfen haben würde.

Canis, verliere nicht den Mut, dachte ich mir, lasse dir nichts anmerken, gehe einfach in ein anderes Zimmer oder lege dich auf deine Decke!

Mama, die beiden Menschen quälen mich, so gerne hätte auch ich davon gegessen, aber ich bekomme nichts! Das ist doch nicht in Ordnung, oder?

So oder mit ähnlichen Worten sandte ich meine Beschwerde in Richtung der beiden ab. Das Resultat war für mich keinesfalls befriedigend. Da war Geduld angesagt, eine kleine Weile konnte ich schon noch durchhalten, aber gemein war es allemal!

Alpha kam endlich zu mir, sanft nahm er mich beim Halsband und meinte, ich solle mich auf der schönen großen Decke ausruhen. „Platz!", sagte er. Der hatte eine Ahnung, mein Bauch fing bereits zu grollen an und ich sollte Platz bleiben.

Mama hatte einmal erwähnt, wenn ein Mann Hunger hätte, dann würde er ungemütlich!

Außerdem hatte meine Mama uns beigebracht, dass wir uns dort hinlegen könnten, wo wir wollten. Das durfte ich nicht aufgeben, die Decke kam also für mich in diesem Moment nicht mehr infrage. Ich stand demonstrativ auf und legte mich zum Trotz einige Schritte weiter weg auf den Teppich, obwohl die Decke mit Sicherheit weicher und kuscheliger war.

Warum musste Alpha so einen Blödsinn von mir verlangen? Platz! Ich hätte mich dort schon hingelegt, diese Decke hatte ich doch von Anfang an im Auge, aber so! Dieses strenge Wort war absolut entbehrlich gewesen.

Die Leute murmelten irgendwas von kleiner Hovi-Dickschädel und das jetzt schon in diesem jungen Alter. Na, gute Nacht, das konnte ja noch heiter werden, aber immerhin – diesmal ging der Sieg an mich, sie ließen mich gewähren.

Endlich hatten Alpha und die Frau verstanden, dass ich Hunger hatte. Was war die Ursache gewesen, dass die beiden so schnell kapiert hatten? Ich hab's, es war mein Blick mit den braunen, sprechenden Augen! Das musste ich mir unbedingt merken, diese treuen Blicke konnte ich doch öfter einsetzen. *Aber sei schlau – gezielt einsetzen, nicht bei jeder Gelegenheit!*

Mama hatte mal von der notwendigen Erziehung der Menschen durch uns gesprochen. Ich hatte das damals nicht so richtig verstanden, aber jetzt traf das genau den Punkt, es war so weit.

Das waren also die Hovi-Signale, von denen Mama gesprochen hatte. Wie recht sie hatte! Ich hatte mir das nie so richtig erklären können, aber jetzt war der Beweis erbracht.

In meinem Bauch brummte und knurrte es, damit ich aber diese ungewohnten Geräusche besser deuten konnte, legte ich den Kopf schief, einmal nach links, dann nach rechts. Ja, das war also der richtige Hunger. Bisher war mir das noch nie so richtig bewusst geworden, verspürte ich Appetit, ging ich zu Mama, die hatte für uns immer die richtige Lösung.

Ich machte mich also auf die Suche und wurde in der Diele fündig. Neben der Wasserschüssel stand eine weitere, etwas größere Schüssel mit Futter.

Meine erste Futterschüssel, für mich ganz allein! Unbewusst blickte ich nach beiden Seiten, vor allem aber nach hinten – nein, niemand störte mich oder wollte mir etwas wegnehmen.

Nachdem ich fertig gefressen hatte, dachte ich an die ungewöhnliche Vorgehensweise. Weder Alpha noch Frauchen hatten mir gesagt, dass das Fressen fertig sei und in der Küche stünde. War das Absicht gewesen?

Alpha sprach etwas von Erziehung, von Gewohnheit und einigen Dingen mehr. Natürlich meinte er mich, ich hatte schon kapiert, ich sollte mich an den einen Fressplatz gewöhnen und nicht in der ganzen Wohnung suchen.

Es wurde mir bewusst, dass meine Erziehung mit solchen Kleinigkeiten begann. Nun, ich hatte das sehr schnell registriert und würde mich auch danach richten, aber hatte auch Alpha mitbekommen, dass der Hovi seine eigenen Entscheidung treffen wollte? Ich merkte schon, dass ich noch viel Zeit einsetzen musste, um Alpha das sehr deutlich zu machen.

Ich ließ mir also mein erstes Fressen ohne meine Geschwister richtig gut schmecken. Ich konnte mir auch Zeit lassen, denn mein gieriger Bruder war nicht da. Deshalb konnte ich auch noch die wenigen Reste auf dem Fußboden auflecken. Ich verließ meinen Futterplatz sehr sauber.

Frauchen lobte mich deshalb überschwänglich. Das hätte es doch gar nicht gebraucht, für mich war dies selbstverständlich. Trotzdem freute ich mich über ihre Aufmerksamkeit und bedankte mich mit einem „Schlecker" auf ihre Hand.

Auch bei meinem Wasserplatz fand Frauchen keinen Tropfen außerhalb der Schüssel. Sie sprach von guter Erziehung durch meine Mama, ja, da hatte sie ins Schwarze getroffen.

Alpha hob mich auf, in seinem Arm ging es mit dem Alpha-Lift nach unten. Dort setzte er mich im Gras ab. Endlich wieder Gras unter meinen Pfoten! Es dauerte nicht lange und schon konnte ich alle meine Geschäfte machen. Abermals wurde ich von dieser ruhigen und tiefen Stimme gelobt.

Als Fazit konnte ich mir merken: Ordentlich fressen und trinken und dann die nötigen Geschäfte erledigen, dann waren die Menschen zufrieden. *Liebe Leute, ich verspreche euch, wenn dies euch glücklich macht, dann bin ich immer dabei.*

Ich weiß nicht, wie lange ich da gespielt hatte, aber meine Füße folgten mir nun nicht mehr so richtig. Was war denn das schon wieder? Ich sah auch nicht mehr so richtig scharf und gähnte ununterbrochen, das richtige und wohlige Gähnen eines jungen Hovi.

Alpha bemerkte das auch, er trug mich zurück in die Wohnung und legte mich in mein Körbchen. Schnell fielen mir die Augen zu.

Und da kam sie wieder, meine Mama, mit sanften Worten und einer warmen Zunge. Das war gut und ich erzählte und erzählte meine bisherigen Erlebnisse. Mama ließ nur hier und da einige leise Laute hören. Wie wohltuend das war!

Ach, so viel hätte ich noch erzählen können: mein erstes Brustgeschirr und eine weitere Leine, den ersten Spaziergang auf einer richtigen Straße, auf der diese Autos vorbeisausten, andere Menschen, die stehen blieben und mit mir redeten: „Bist du ein liebes und schönes Hunderl …“

Da – ein großer Hund, oje, der sah grimmig aus! Aufgestellte Rute, auch die Nackenhaare hatte er bedrohlich nach oben gerichtet. *Alpha, bist du hinter mir?*

Ganz stillhalten, so hatte Mama uns das gesagt, den Kopf etwas senken und mit der Zunge die Lippen befeuchten. Das wirkte tatsächlich!

Ich bekam zwar seine Nase zwischen meine Füße und eine große Pfote versuchte sogar, mich aus dem Gleichgewicht zu bringen, aber ich war tapfer, dachte an die Belehrungen von Mama und hielt durch.

Schon wieder ein Lob von Alpha, das tat gut, ich hätte fast einen Kampf gehabt. *Alpha, was sagst du dazu? Das war wirklich knapp, aber ich hatte keine Angst vor diesem „kleinen" Hund. Doch lass uns jetzt schnell woanders hingehen, Alpha, da kannst du mich besser bewachen!*

So viele neue Eindrücke und immer wieder musste ich vom Leben lernen. Es waren Tage voller Freude und interessanter Entdeckungen. Es gab so vieles und täglich kamen neue Abenteuer auf mich zu.

Ich spürte, dass ich wuchs. Meine Füße wurden kräftiger, ich wurde schneller und wendiger. Alpha könnte mich nicht mehr einfangen, aber ich ließ ihn gerne auch mal gewinnen. Alpha und ich genossen diese langen Wanderungen über die Wiesen und entlang des Baches. Da konnte ich mich so richtig austoben. Jedem Schmetterling rannte ich hinterher, Vögel im Gras waren meine Ziele, da übte ich Anschleichen – doch vergebens.

Alpha ließ mich einfach alles machen, was mir gerade so in den Sinn kam. Da lag unter einem Strauch eine dunkle Kugel mit Stacheln. Die musste ich haben. Zuerst ging ich ganz vorsichtig heran. Ich hörte nur ein leises, scharfes Zischen, achtete aber nicht darauf. Jetzt versuchte ich, diese Kugel mit den Pfoten zum Rollen zu bringen. Das hätte ich lieber nicht getan. Mit einem lauten Winseln zog ich die Pfote zurück und sauste aus dem Gestrüpp. Erst nachdem ich keine Gefahr mehr hinter mir sah, begutachtete ich meine Pfote.

Da war doch tatsächlich ein Stachel drin! Wo war Alpha? Er hatte das Ganze aus einiger Entfernung beobachtet und wollte einfach meine Lehrstunde nicht unterbrechen.

Alpha versuchte nun, den Stachel zu entfernen, das war unangenehm und tat weh. An ein normales Gehen war jetzt nicht mehr zu denken, ich hinkte. Alpha erbarmte sich und trug mich bis zur nächsten Bank.

Alpha erklärte mir die erlebte Misere, für mich war das aber ein einschneidendes Erlebnis gewesen.

Das Babyalter war lange schon vorbei. Ich fühlte mich jetzt schon fast erwachsen, musste aber immer wieder zur Kenntnis nehmen, dass es noch sehr viel zu lernen gab. Alpha und das

Frauchen machten das aber so, dass ich nie irgendwelche Komplexe bekam, dennoch mit Begeisterung die nächsten Lernschritte annahm und auch umsetzte.

So hatte mir zum Beispiel Alpha erklärt, dass ein Hovawart im erwachsenen Alter ein sehr guter Wachhund sei. *Alpha, was heißt erwachsenes Alter, ich werde dir beweisen, dass bereits jetzt kein fremder Mensch ungewollt in die Wohnung kommen kann.*

Ich fühlte in mir Vorgänge, die mich stärker machten, als ich tatsächlich war, die mich gescheiter wirken ließen, weshalb ich Ratschläge ignorierte. Was war das schon wieder? Auch mein Widerspruchsgeist entwickelte sich atypisch stark, aber da war dann Alpha sehr konsequent und zeigte mir meine Grenzen.

Den Beweis meiner Wachsamkeit konnte ich rasch erbringen. Eines Tages läutete es an der Tür. Wer konnte das sein? Egal, ich musste melden. So gab ich pflichtbewusst die erste Meldung ab. Schon wieder läutete es, nahm dieser Eindringling meine Warnung nicht ernst? Na warte, es ging auch anders. Ich atmete tief ein und schmetterte mehrere helle und dazwischen auch einen dunklen Beller in Richtung Wohnungstür, dabei schüttelte es meinen kleinen Körper.

Das Klingeln hörte auf, ich hatte den Zweikampf gewonnen. Da kam auch schon Alpha und öffnete die Tür. Hinter ihm gab ich noch ein schwaches Knurren zum Abschluss von mir, damit hatte ich die Verantwortung an ihn übergeben.

Immer öfter hörte ich Alpha, wie er meinen Namen **Canis** rief. Je nach Laune und Tagesverfassung reagierte ich dann entweder sofort oder ich kam langsam und bedächtig.

Sehr schnell war mir klar, wann Alpha in den Garten oder zum Auto gehen wollte, was er da vorher alles für Dinge und Sachen vorbereitete, um dann letztendlich **Canis** zu rufen. Der Name war mir schon geläufig, ich fühlte mich angesprochen und zeigte auch meine Freude.

Mit der Zeit lernte ich die Geräusche zu deuten. Alpha war dann immer sehr erstaunt, wenn ich schon vor ihm an der Türe war und nur mehr das Halsband entgegennahm.

Wo waren deine Hände, mein Alpha? Hoch ging es, ich wurde die Stiege runtergetragen und dann in der Wiese abgesetzt. Dieser herrliche Geruch und die vielen Dinge, die es immer wieder zu erforschen gab!

Ich spürte, dass mir manchmal der Pelz zu klein wurde. Ich wollte einfach schon viel mehr unternehmen, aber Alpha zeigte mir immer wieder, dass ich halt doch noch ein Kleinkind war.

„Erst die Schule, dann das Vergnügen", das hörte ich sehr oft. Mehrmals dachte ich wirklich, Mama wäre hier und spräche aus Alphas Mund. Da kam doch noch etwas Neues auf mich zu.

Alpha sagte solche Sprüche nicht ohne Grund. Die Menschen verlangten von einem kleinen Hovi so allerhand und still in meinem Kämmerlein gab ich meinem Alpha durchaus Recht, jetzt war der Zeitpunkt offenbar gekommen.

Mama hatte mir dies aber wenige Tage vor unserem Abschied vorhergesagt: *Wer ein richtiger Hovi werden will, der muss auch lernen!*

Und dieser Tag kam früher als erwartet. Das Faulenzen, das sorglose Herumtapsen und neue Abenteuer erleben – ja, das wäre schon mein Ding gewesen, aber Alpha spielte da nicht mit. Mein lieber Alpha behielt diesmal sein Geheimnis für sich. Er hatte mir nur ganz kurz erklärt, dass ich eine große Freude haben würde und die Fortschritte beim Lernen auch die Freiheiten beeinflussen würden.

Diese Ankündigungen von Alpha erzeugten in mir eine unheimliche Neugier, ich hätte heulen können vor Wut, dass Alpha eine solche Folter anwandte.

Alpha, warum diesmal? Auch sonst hast du alles mit mir besprochen und ich hatte immer das Gefühl, dass du damit gut gefahren bist. Warum also beim Thema Schule?

Mit dieser Frage hatte ich jetzt Alpha tatsächlich in die Ecke gedrängt, so massiv hatte ich das gar nicht gewollt. Alpha hatte mir gegenüber so argumentiert, dass eine Schule für Junghunde vorgesehen, der Zeitpunkt aber noch offen sei.

Also doch! Nun, ich hatte überhaupt nichts gegen eine Hundeschule, nur vernünftige Lehrmethoden sollten es sein. *Und, mein lieber Alpha, kann ich dort auch mit den anderen Hunden spielen?*

– Jetzt ging es in die Welpenschule –

Bereits Tage zuvor – es war ein Wochenende – wollten Alpha und Frauchen zu einem See fahren. Dort gab es angeblich wunderschöne Spazierwege. Damit ich die Autofahrt ohne nasse Zwischenfälle überstand, wollte Alpha mit mir vorher noch unsere kleine Runde zu einem bewaldeten Hügel machen. Den Weg dorthin kannte ich schon bestens, ich wusste inzwischen genau, wo die duftenden Nachrichtenpunkte waren. *Alpha, sicher wirst du Verständnis dafür haben, dass ich diese markanten Punkte dringend ansteuern muss, auch ich habe einige Botschaften zu hinterlassen.*

Mein Alpha hob zum Einverständnis seinen Arm und für mich war dies das Signal für ein schnelleres Tempo, der Abstand zu Herrchen wurde größer. War das Absicht oder konnte Herrchen nicht schneller gehen? Ich denke, Alpha machte das absichtlich. Mein Herrchen wollte einfach bei allen Gelegenheiten kleine Übungen für mich einbauen. Diesmal wollte er wahrscheinlich prüfen, wie weit ich mich von ihm entfernte. *Alpha, du bist leicht zu durchschauen, ich werde aber dein Vertrauen nicht enttäuschen.*

Für mich war der Vorsprung vorteilhaft, so konnte ich mit größerer Aufmerksamkeit die markierten Eckpunkte lesen. Diesmal waren auch mehrere interessante Neuigkeiten dabei, da brauchte ich mehr Zeit, denn alles verstand ich noch nicht. Ich konnte nur entziffern, dass es in der Nachbarschaft einen bissigen Rüden gab. Der durfte zwar nicht allein aus seinem Garten, es war ihm aber schon zwei Mal gelungen, eine Lücke zu finden.

Instinktiv schaute ich zu Herrchen und sah ihn schon sehr nahe auf mich zukommen. *Alpha, bitte geh langsam voraus, ich muss noch unbedingt eine Antwort schreiben, da bahnt sich etwas an, da muss ich nämlich künftig vorsichtig sein.*

Meine Antwort musste ich wohlüberlegt formulieren, der Absender, eine schon etwas ältere, aber sehr gebildete Boxer-Hündin, war diesbezüglich sehr pingelig. Ich antwortete ihr in meiner kindlichen Ausdrucksweise, doch vorweg bedankte ich mich für die Vorwarnung.

Mein Herrchen wurde nervös, ich merkte das an seiner etwas nach vorne gebeugten Haltung. Kaum hatte ich das registriert, kam auch schon sein Ruf, dass wir wieder in Richtung unseres Hauses gehen sollten. Diesmal nahm mich Herrchen an die Leine und wir schlugen ein etwas schärferes Tempo an.

Verschmitzt meinte Alpha, Frauchen würde wahrscheinlich schon auf Nadeln sitzen. Tatsächlich, alles war schon vorbereitet, sogar die Heckklappe vom Kombi stand offen. Ein kurzer Anlauf und schon war ich drinnen. *Alpha, ich bin fertig.*

Alpha startete den Motor und ab ging es zu unserem Ausflugsziel, einem kleinen See in den Bergen.

Ich hatte das schon erwähnt, Alpha wollte mit mir immer etwas trainieren. Diesmal hatte sich Alpha eine Geduldsübung ausgedacht. Das Seeufer entlang schwammen kleine Enten und wir saßen auf einer Bank ganz in deren Nähe.

Jetzt sollte ich wahrscheinlich artig sitzen bleiben, lediglich beobachten und ja nicht in das Wasser springen. Das war so die Vorstellung von Alpha. Grundsätzlich war das sicherlich in Ordnung, aber in meiner Sturm-und-Drang-Periode wäre das ja fast krankhaft gewesen, hätte ich nicht zumindest den Anschein zu einem Angriff probiert.

Die Koordination meiner Augen wurde stark strapaziert. Mit einem Auge durfte ich die Mimik von Alpha nicht übersehen, das andere Auge fixierte die Entenflottille auf den günstigsten Angriffsmoment hin.

Alpha blieb ruhig und sagte kein Wort, aber ich bemerkte seine Anspannung. Als ob die Enten das verstünden, sahen sie in mir keine Gefahr, sondern schwammen ohne ängstliche Laute an mir vorbei.

Herrchen, Alpha, du hast mich jetzt ganz schön unter Strom gesetzt. Aber war ich nicht vorbildlich?

Wie erwartet erhielt ich von beiden „Vorgesetzten“ großes Lob und ließ dies mit Genuss geschehen. Aber was wäre geschehen, hätte ich den Sprung gewagt, die Enten erschreckt oder gar eine gefangen? Statt Lob wäre da sicherlich eine Strafpredigt gekommen.

Nach einem ausgiebigen Spaziergang um den See richtete Frauchen für Alpha und mich eine schmackhafte Jause. *Frauchen, du bist lieb, wieso wusstest du, dass ich riesigen Hunger hatte?*

Wir blieben noch eine Weile am Seeufer sitzen. Ich konnte dort so viele aufregende Abläufe sehen. Da waren zum Beispiel die Ameisen, sie sammelten die Brotkrümel auf. In der Folge setzten sie sich zum Ziel, in meine Nasenlöcher zu kriechen. Nachdem ich das zu spät bemerkt hatte, musste ich furchtbar lange und laut niesen.

Kaum hatte sich meine Nase wieder etwas beruhigt, flog ein bunter Vogel ziemlich nahe an meinem Kopf vorbei und setzte sich neugierig in Sprungweite neben mich. In diesem Moment hatte ich aber jegliche Lust auf weitere Niederlagen verloren, ich tat einfach so, als ob ich diesen Vogel nicht sähe.

Alpha drängte zum Aufbruch, das war die Rettung meines Egos. Ich strich den lästigen Zwischenfall einfach aus meinem Gedächtnis.

Wir fuhren wieder nach Hause und erst auf der Heimfahrt erfuhr ich, dass ich nächste Woche in eine Schule für heranwachsende Hunde dürfe. Mein Herrchen wollte mir aber keine näheren Informationen geben, obwohl er sicher meine Neugier spürte. Doch er blieb hart, meinte lediglich, ich solle warten und mich überraschen lassen.

„Canis, komm, heute wird es für dich interessant“, mit dieser Stimme und diesen Worten überzeugte mich Alpha so, dass ich von meiner Decke aufsprang und wartete, bis ich mein Brustgeschirr angelegt bekam. Mit Alpha ging ich die Treppe hinunter und sprang in den Laderaum.

Kam heute der große Moment, die Schule, die Alpha schon mehrmals erwähnt hatte?

Ich habe noch gar nicht erwähnt, dass Alpha mir seit dem letzten Spaziergang um den See und nach meiner bestandenen Geduldsprobe die Erlaubnis gegeben hatte, allein die Stufen hinunter und auch nach oben zu gehen.

Schon manchmal hatte Alpha auch von einem Gleichgewichtssinn gesprochen. Ich konnte mit diesem Wort nichts anzufangen, wusste auch nichts über dessen Bedeutung. Es musste aber mit dem Autofahren zusammenhängen, denn auf der Rückfahrt von unserem Ausflug – wir fuhren wieder auf der kurvigen Straße – meinte Alpha, ich hätte ein Talent, das Gleichgewicht zu halten. Ich hatte richtig gedacht, Auto – Kurven – Gleichgewicht.

Je öfter ich also mit dem Auto mitfahren durfte, umso besser konnte ich jede Kurve ausbalancieren. Ich kippte nicht mehr um, sondern ganz im Gegenteil, es machte mir riesige Freude, jede Kurve abzuschätzen und die richtige Körperlage einzunehmen. Im Rückspiegel beobachtete mich Alpha ganz genau, manchmal sah ich dann sein anerkennendes Nicken.

Wir näherten uns einem Gebäude aus Holz, daneben sah ich eine riesige, eingezäunte Wiese. Mehrere Männer gingen mit ihren Hunden da auf und ab. Die Hunde waren angeleint und gingen ganz eng neben ihrem Herrchen. Am oberen Teil der Wiese war eine kleine Fläche eingezäunt, hier spielte eine Vielzahl junger Hunde in allen Größen. So viele verschiedene Arten hatte ich noch nie gesehen, ich wusste gar nicht, dass es so viele verschiedene Rassen gab.

Alpha suchte sich einen Parkplatz und öffnete dann die hintere Laderaumtür des Autos. Erst da bekam ich einen totalen Überblick über die Anlage. Mein erster Eindruck bestätigte sich, magisch war mein Blick nur auf diese lustige Gruppe gerichtet. Meine Füße begannen zu zucken, doch Alpha hielt mich mit Worten zurück.

Zu meiner Sicherheit erhielt ich eine Leine – zum Glück, denn ich hielt es nicht mehr aus. Ich sandte einen lauten Ruf in die besagte Richtung und vielstimmig kam Antwort, doch leider konnten sie nicht aus der Umzäunung.

Alpha holte mich endlich ab und mit Leine gingen Alpha und ich auf die Junghunde-Schulklasse zu.

Das hatte ich in meinen jungen Jahren schon mitbekommen, dass immer der Mensch das Sagen hatte und wir die Anordnungen befolgen mussten. Das war ja ganz genauso wie bei Mama und uns.

Mama musste oftmals ihre Autorität ausspielen, um die Rasselbande zu beherrschen, hier war es ähnlich.

Der „Wortemensch" ging zu Alpha, gab ihm einen Zettel und einige Erläuterungen. Mama war seinerzeit zu mir gegangen und hatte mir etwas ins Ohr geflüstert. Wo also waren die Unterschiede?

Alpha und ich gingen anschließend auf die rechte Seite des Schulplatzes. Wir sahen den umzäunten Spielplatz. Nichts wie rein zu den Freunden, das war mein Wunsch. Alpha jedoch war noch nicht bereit, wir mussten noch warten.

War das denn wirklich möglich? So viele unbekannte Menschen, so viele Hunde, kleine und große, blonde und dunkle, aber alle etwa in meinem Alter. Ein infernalischer Lärm herrschte, ein Durcheinander innerhalb der Umzäunung. Außerhalb bewegten sich aufgeregte Frauen, die unbedingt in den abgesperrten Teil zu gelangen suchten, um ihren Kleinen zu helfen. *Lieber Alpha, ich bin froh, dass du bei mir bist, du hast eine so große Ruhe!*

Die vielen Hunde auf dem Spielplatz und die Leute außerhalb bildeten für mich eine unübersichtliche Mauer. Die Menschen drängten sich an den Zaun, nur um ja ihre jungen Lieblinge nicht aus den Augen zu verlieren, gaben gute Ratschläge, mengten sich in spielerische Auseinandersetzungen ein und gaben gegenüber dem Nachbar Unmutsäußerungen ab. Einige Frauchen lockten mit süßen Worten, hier und da sollte ein Hund auch ein Leckerli fressen, eine Frau schrie auf, nur weil ihr Hund unter die langen Beine einer Dogge geraten war.

Jetzt, Alpha, schau! Der „Wortemensch" kam zu uns, öffnete die massive Türe und bedeutete mir, dass ich hinein durfte.

Alpha konnte gerade noch die Leine abnehmen, schon hatte er ihren massiven Zug gespürt, der Karabiner löste sich vom Halsband – mein Blitzstart war filmreif!

Es war herrlich anzusehen. Wie ein Sturm rannten die Junghunde um die Wette, donnerten dann wieder einmal gegen den Zaun und die dahinter befindlichen Beine einer aufschreienden Frau. Mit der Zeit war eine Gruppenbildung zu beobachten, mehrere Langbeinige holten mich in ihre Mitte und ab ging es zur nächsten Gruppe.

Die mahnenden Worte des Lehrers versuchten, einen geordneten Ablauf in das Wirrwarr zu bringen, es half nur sehr wenig. Ich hatte das Gefühl, man wollte uns einfach so lange laufen lassen, bis wir müde aufgaben.

Genauso war es dann auch. Immer mehr Junghunde gaben mit heraushängender Zunge auf, setzten sich in das Gras, warteten, hechelten und hielten Ausschau nach Wasser. Vor allem wollten sie wissen, was da noch weiterhin passierte.

Ich saß nahe beim Zaun, zwei Kameraden hinter mir. Ich hörte mir die Meinungen der Menschen an und die Kommentare zu unserer ersten Spielstunde.

Da kamen Aussagen von außerhalb des Zaunes wie zum Beispiel „Hast du das gesehen, dieser große, unbeholfene Lackel hat meine Kleine attackiert" oder „Was soll denn das werden, wenn das so weitergeht, dann nehme ich Susi aus dem Kurs" oder „Wozu ist denn die Aufsicht da? Da schau, wie die sich die beiden aufführen" oder „Der schwarze Rüpel hat jetzt meine Kleine in den Dreck gestoßen" und so weiter.

Diese Frauen hatten garantiert noch kein Hovawart-Kinderrudel in Aktion erlebt! Wie souverän war da Mama immer an die Sache herangegangen.

Erst die erklärenden Worte des Lehrers beruhigten die Frauen wieder etwas. Eigentlich war ich froh, dass ich mich sehr gut allein wehren konnte. Interessant war, obwohl ich manchmal auch Augenkontakt mit Alpha suchte, dass er mir niemals irgendwelche Weisheiten zurief. Trotzdem hatte ich nie das Gefühl, ich sei allein.

Ich war nicht der größte Schüler, aber ich strahlte Respekt aus. Mein Alpha unterstützte mich in dieser Weise mit seinen Blicken.

Es fiel auf, dass ich der einzige Schüler war, der mit einem Herrchen kam, alle anderen Schüler hatten ein Frauchen dabei. Keineswegs war ich deshalb traurig, ganz im Gegenteil, dadurch fühlte ich mich aus der großen Masse herausgehoben. Und ich denke, dass ein Mann mehr Verständnis für so manche Übung hier am Platz hatte.

Alpha war der einzige Mensch, der während unserer Herumtollerei kein Wort der Angst oder sonst irgendeine Anweisung hereinrief. Wir konnten uns vertrauen.

Welpenschule – dieses Wort hörte ich jetzt sehr oft. Wir waren also Welpen, offenbar eine Vorstufe zum erwachsenen Hund. Diesen Ausdruck hatte Mama uns gegenüber nie verwandt. Ein Bellen in allen möglichen Tonlagen, ein Jaulen, das Freude auslöste, uns aber auch manchmal Angst einjagte, das genügte, um zu folgen, das war die Mama-Schule. Es war einer der Momente, in denen ich Heimweh nach der Mutter hatte, es war mir aber auch klar, dass ich damals ein Baby und jetzt eben ein Welpe war!

In den Pausen hatte jeder Welpe so seine Angewohnheit. Einige ruhten sich aus für die nächsten heißen Runden, die kleineren Hunde wurde von den Frauchen gehalten und geknutscht, dann gab es die Hungrigen und so fort.

Die Gruppe der Langbeinigen – ich kannte ja noch keine Namen, darum nannte ich sie so – äugte umher, ob denn alle bereit wären.

Endlich trat unser Lehrer wieder auf den Plan. Wir durften nach der längeren Pause wieder miteinander in unseren eigenen Teil der großen Wiese. Keine erwachsenen Hunde hatten Zutritt, wir waren unter uns, alle Rufe und Anweisungen von außen wurden ignoriert und lediglich der Lehrer konnte sich bei uns Respekt verschaffen.

Manchmal ging ein erwachsener Rüde mit seinem Herrchen ganz knapp am Zaun vorbei. Außer mit verächtlichen Blicken nahmen solche Hunde aber keinerlei Notiz von uns. Ich verstand das nicht, war doch dieser eingebildete Vierbeiner vor kurzem auch noch hinter dem Zaun gewesen. Macho!

Noch einmal durften wir an diesem Nachmittag alles anstellen, egal was, der Lehrer drückte ein Auge zu und erlaubte alle Dummheiten. Jene, die noch ausreichend Kraft in ihren Beinen verspürten, jagten mit den anderen eine nicht vorhandene Beute und zeigten angeborene Kunststücke.

Im ersten Teil des Welpen-Kurses waren zaghafte Ansätze von Teameinsätzen zu bemerken, einige wenige Welpen schlossen sich zu „Banden“ zusammen und jagten hinter den anderen her.

Jetzt, nach der Pause und der neuerlichen Aufnahme der Spiele, war ganz deutlich zu beobachten, dass sich in der Pause Freundschaften gebildet hatten, artgleiche Junghunde fanden sich und wollten rowdyhaft agieren.

Die vielen Frauchen vor dem Zaun hatten sich inzwischen an die wilden Attacken gewöhnt. Abgesehen davon, dass sich die einzelnen Rotten von den zaghaften Rufen überhaupt nicht abhalten ließen, hatten die Zuschauer eingesehen, dass sie auch durch heftigste Gesten, untermalt mit lautem Schreien, nichts erreichten. Also ließ man uns in Ruhe.

Die kräfteraubenden Übungen hatten am Ende des Nachmittags zur Folge, dass immer mehr Freunde sich an Ort und Stelle einfach niederließen und aufgaben. Die mobilen Wassertankstellen in Form aller Frauchen hatten Hochbetrieb.

Sie wollten alle mit den entsprechenden Gefäßen in der Hand durch das enge Türchen zu ihren Hunden. Ein Gedränge, einfach ein undiszipliniertes Verhalten zeigten uns diese Leute. Aber kein Lehrer sorgte bei diesen für Ordnung. Sie sollten uns ja eigentlich ein Vorbild sein! Hoffentlich erkannten meine kleinen Freunde, dass diese Frauchen sich in einer Ausnahmesituation befanden.

So etwas hatte ich bisher noch nicht erlebt.

Mein Alpha holte mich aus der Umzäunung und brachte mich zu einer Schüssel Wasser. Gierig trank ich das köstliche Nass. Danach ging es zum Auto. Alpha öffnete die hintere Tür und ich sah meine Decke, also nichts wie rein und schlafen. Meine Augen fielen mir urplötzlich zu, ich wusste ja, Alpha war bei mir. Meine Mutter erschien mir wieder. *Na, alles in Ordnung mit dir?,* hörte ich noch von Weitem ihre Stimme …

Viel zu schnell spürte ich Alphas Hand auf meinem Kopf, das hieß für mich aufwachen. *Dürfen wir wieder in die Kinderschule und herumtollen?*

„Nein, Canis, jetzt muss Ruhe sein, aber wir sehen uns noch die Anfängerklasse an, vielleicht darfst auch du eine solche Schule besuchen!"

In einiger Entfernung gingen große Hunde an der Leine mit ihren Herrchen oder Frauchen in Reih und Glied hintereinander über den Platz. Wozu das? Da sollte ich mal näher ran, ich musste das aus der Nähe betrachten, denn das würde ich vielleicht auch lernen!

Ziemlich dumm von mir, so schnell konnte ich gar nicht reagieren. Schon hatte ich eine ziemlich harte Berührung mit der Nase eines großen Hundes. Das leichte Knurren war furchterregend, erschreckt sprang ich zurück.

Pass auf, du Kleiner, der Kindergarten ist dort drüben!

Meine erste Zurechtweisung! Ich nahm das aber sehr ernst, das passierte mir auch nie mehr.

Viele Wochen vergingen. Nach jedem Wochentreffen waren wir alle wieder einen kleinen Schritt gescheiter. Inzwischen hatten sich tatsächlich Sympathiegruppen gebildet, die den Zusammenhalt übten.

Ich gehörte einer Vierergruppe an, sie bestand aus einem Berner Sennenhund, einem Schäferhund, einer Colliehündin und mir.

Wir vier waren immer zusammen. Wir bildeten quasi eine Einheit und suchten immer die Nähe des anderen. Es kam auch vor, dass einmal ein Kamerad nicht da war, aber schon fehlte uns ein Bindeglied, es war halb so lustig.

Von Woche zu Woche wurden wir unzertrennlicher, bald bekamen wir auch von einigen Zuschauern den Beinamen „Die vier Halbstarken".

Das unbeschwerte Spielen stand immer im Vordergrund. Die dazugehörigen Frauchen, die anfangs noch emotional mitlebten, waren jetzt überwiegend auf der Terrasse bei Kaffee und Kuchen zu finden. Auch der verantwortliche Lehrer hatte mit uns keine Probleme. In wenigen Einzelfällen schaukelten sich einige „Halbstarke" so auf, dass es ohne das Eingreifen des Lehrers vielleicht zu Verletzungen gekommen wäre.

Bei manchen wilden Spielen waren Zusammenstöße und Purzelbäume unvermeidbar. Es gab kleine und ängstliche Hündchen, die schon von vornherein ängstliche Schreie von sich gaben und sich in die Ecke verdrückten.

Auch andere Gruppen wollten uns immer wieder herausfordern, na ja, dann übten wir auch das Knurren und Zähnezeigen. Es war eine herrliche Zeit, so ganz ohne ermahnende Worte, wir waren einfach total auf uns allein gestellt. Aber gerade das prägte unser Verhalten für die Zukunft. Nicht jeder konnte damit umgehen. Der Colliehündin war unsere Art auf Dauer zu stressig, sie scherte aus unserem Verband aus und kicherte viel mehr mit kleineren Hunden rum. Aber wir drei Übrigen bildeten den harten Kern der Welpen.

Nicht nur das Fangenspiel, auch die imaginären Schaukämpfe fanden die Zuschauer sehenswert. Man munkelte auch über uns, weil wir oftmals in einer Ecke lagen. Für Außenstehende war das unverständlich, die Insider jedoch merkten ziemlich schnell, dass wir uns neue Spiele ausdachten, die wir dann auch schnell ausprobierten.

Diese Wochen des Lernens in der Gemeinschaft prägten unser späteres Leben. Wir lernten daraus ein konsequentes

Vorgehen, aber auch Toleranz gegenüber schwächeren Hunden war bereits eine ausgeprägte Verhaltensweise von einigen Freunden.

Alpha und ich waren jeden Tag unterwegs, wir streunten durch den Wald und entlang eines kleinen Baches. Unbekannte Tiere begegneten uns und so lernte ich, wie ein Frosch aussah. Schmetterlinge und Bienen waren für mich unerreichbar, aber etwas weiter weg standen zwei Rehe, als ob sie auf mich warteten. „Sei leise", sagte Alpha, „die laufen sonst sofort weg."

Und dann hinein ins Wasser, einer Ente nach. Diese trickste mich aber total aus. Ich wurde komplett nass und musste zum Ufer schwimmen, die Ente fuhr ihre Flügel aus und weg war sie.

Die Unternehmungen mit Alpha haben meinen bisherigen Wissenshorizont sehr erweitert. Ausgedehnte Wanderungen, bei denen ich unzählige neue Dinge lernte, waren für mich die schönsten Erlebnisse.

Alpha war ein wunderbarer Lehrer, er ließ mir täglich die „lange Leine". Zu gegebener Zeit wusste er aber auch streng und konsequent zu agieren. Unser Lehrer in der Welpenschule sprach nach Abschluss des Kurses mit jedem Frauchen und auch mit Alpha über die jeweiligen Hunde bezüglich ihres Wesens, über ihr Temperament, ihre Sozialisierung und sicher so manches mehr.

Ich beobachtete die Gesichter der Frauen während dieser Gespräche und bemerkte, dass manche entspannt dastanden, freundliche Fragen und Antworten mit dem Lehrer wechselten, um sich schließlich erfreut zu verabschieden. Einige Frauen reagierten aber auch unhöflich, was ich auf die ungünstige Bewertung ihres Hundes zurückführte.

Um ehrlich zu sein, manche hatten sich wirklich unmöglich benommen. Vielleicht war das nur eine unbändige Angst gewesen. Wenn das so war, so sollten diese Hunde im darauffolgenden Jahr nochmals kommen.

Wenn ich mir so Alpha vorstellte und was ich mit ihm zusammen alles erlernen durfte, so glaube ich durchaus, dass jene Hunde zu wenig an Zuwendung erhielten.

Jeder Tag brachte mir so viel Neues, war ausgefüllt mit spielerischem Lernen und mit dem Entdecken von erforderlichen Kleinigkeiten. Mama war als Erzieherin und Lehrerin einzigartig gewesen, Alpha hingegen hatte die Gabe, mir Dinge auf spielerische Art beizubringen.

Außerdem gab er mir eine gewisse Freiheit, bestimmte Dinge selbst zu entscheiden. Das war doch das Geheimnis, warum Mensch und Hund seit vielen Jahrhunderten harmonisch zusammenlebten.

Mit mir ging eine positive Veränderung vor. Lächerliche Dinge interessierten mich nicht mehr, vielmehr suchte ich Kontakt zu älteren und erfahrenen Hunden. Ich war offen für viele Dinge und scheute keine Berührungen. Alpha und ich gingen auch oftmals in die Stadt. Da war einiges zu sehen, was ich im ersten Moment nicht verstand, doch Alpha bemühte sich sehr um Erklärungen.

Ich konnte mir kaum alles merken. Auf alle Fälle fiel ich abends nach dem Essen immer wie tot auf meine Decke (das Körbchen wollte ich nicht mehr) und immer wieder träumte ich von meiner einstigen Familie.

– Weiterführende Begleithundekurse –

Der Sommer ging rasend schnell vorüber. An den Sonnentagen waren wir meistens am nahen See. War es einmal nicht so sonnig, dann unternahmen wir lange Ausflüge in die Umgebung. Meine zwei Freunde aus dem Welpenkurs vermisste ich sehr, vor allem an den Badetagen am See. So war ich mit dem Frauchen und Alpha allein. Hier und da lernte ich einen fremden Hund kennen, aber so ein richtiges Verstehen wollte nie zustande kommen. Es waren Tagesbekanntschaften und man vergaß sich sehr schnell wieder.

Alpha meinte, dass ich die Freunde vielleicht im Herbst wieder sehen könne, falls auch sie den weiterführenden Kurs besuchten.

In diesem Augenblick war mir bewusst, dass Alpha auf Weiterbildung aus war und ich aus Solidarität mitmachen würde, denn so unbedingt wollte ich dieses stereotype Auf- und Abgehen unter Aufsicht eines Lehrers eigentlich nicht.

Hatte Alpha sich das wirklich gut überlegt? Mein Leben war zurzeit zwar nicht ausgefüllt – wie gesagt, meine Freunde fehlten mir sehr –, aber ohne Verantwortung und Aufgaben hätte ich schön in den Tag hinein leben können.

Von Frauchen erhielt ich schmackhaftes Fressen, mit Alpha erlebte ich so manche Überraschung und von beiden erhielt ich meine Streicheleinheiten und liebe Worte.

Warum sollte ich mich also mit mühevollem Lernen beschäftigen? Herausgerissen aus dem gewohnten Tagesablauf müsste ich dann mit Alpha mehrere Stunden in der Woche auf dem Übungsplatz meine Runden drehen, beobachtet von einem Trainer, der mit der Zeit auch strengere Maßstäbe anlegte. Und immer wieder dieselben Bewegungen, immer diese Kommandos, mein selbstständiges Denken würde ziemlich in Mitleidenschaft gezogen. Ich möchte fast sagen, es wurde schon bisher unterdrückt.

Wind und Wetter ausgesetzt sollten die vorgeschriebenen Übungen perfektioniert werden. War dies wirklich mein Ziel?

Ich fiel in eine tiefe Resignation. Alpha bemerkte sehr wohl meine Veränderung, wollte aber noch einige Tage abwarten. Vielleicht lag es ja nur am miserablen Wetter, wir konnten das Haus nur für die wenigen Notwendigkeiten verlassen.

Ich denke, es war der dritte Tag meines lustlosen Herumliegens, da hatte ich in der Nacht einen markanten Traum. Es erschien mir Mama, aber diesmal mit zornigem Gesichtsausdruck, auch die Reißzähne schauten hervor und sie war in Begleitung. Ich musste mir unheimliche Drohungen anhören, Mama hob ihre Pranken und wollte mich doch tatsächlich züchtigen. Ich lag wie erstarrt vor ihr und konnte mich nicht bewegen. Alle meine Untertänigkeitsgesten waren nutzlos, ganz selten hatte ich Mama so erlebt.

Ihr Begleiter hielt mir einen Vortrag über die Pflichten eines Hundes, vor allem wenn es sich dabei um einen Hovawart handelte. Das ließ ich gelassen über mich ergehen. Aber wer war dieser Hund und wieso nahm er sich diese Rechte heraus? Ganz nahe kam er mit seinem schneeweißen Gebiss. Dieses Knurren kannte ich doch von irgendwoher! Sein heißer Atem streifte mein Gesicht und dieses Ungeheuer drohte mir, er würde mich immer und überall beobachten.

Wie ein Blitz durchzuckte mich die Ansage von Mama. *Sei nicht so überheblich, auch du wirst noch eines Tages an meine Worte denken! Und übrigens – hier steht dein Vater, sei respektvoll zu ihm.*

Erst nachdem ich demütig den Kopf gesenkt hatte, genau so, wie Mama es mich lehrte, und eine leise Entschuldigung hauchte, ließ der große Hovawart von mir ab, trat in den Hintergrund und verschwand schließlich ganz.

Mama sah mich in meiner Not, auch sie kam jetzt hautnah zu mir, versuchte, mich nach Mutterart zu beruhigen und die

Eskalation wieder in friedliche Bahnen zu lenken. Langsam kehrte in meinen aufgewühlten Körper wieder Ruhe ein.

„Canis, Canis, wach auf! Was ist los mit dir? Komm, mein Hund, wach auf!“ Alpha erzählte mir tags darauf, dass ich wohl ein erschreckendes Erlebnis verarbeitet hätte. Es hätte mich geschüttelt, meine Beine wären gelaufen, obwohl ich geschlafen hätte, die Augen wären offen gewesen und ich hätte gestöhnt, als ob mir ganz schlimme Schmerzen zugefügt worden wären.

Unendlich langsam kam mein Bewusstsein zurück, ich sah schemenhaft meinen Alpha neben mir knien und bei Frauchen entdeckte ich einen sorgenvollen Gesichtsausdruck. Die aufmunternden Worte brachten wieder Leben und Kraft in meine Beine und ein kurzer Rundumblick bestätigte mir, dass ich doch zu Hause war. Und jetzt staunten die beiden. Sie erlebten, wie schnell sich ein Hund nach einem schrecklichen Albtraum dadurch erholte, dass er sich nach allen Mitteln der Kunst schüttelte, streckte und genüsslich gähnte.

Danach war ich innerhalb weniger Augenblicke wieder der junge, agile und zu allen Dummheiten aufgelegte Hovawart.

Später nannte ich dieses Ereignis eine „innere Reinigung mithilfe von möglichen Erlebnissen“. Tatsache war, dass ich dadurch mein psychisches Tief überwunden hatte und von da an mit Optimismus und voller Tatendrang wieder der „alte Canis“ war.

Alpha erlebte diese wundersame Wandlung und brachte sie richtigerweise mit diesem Albtraum in Verbindung. Aber was sich da genau abspielt hatte, das behielt ich viele Jahre als mein persönliches Geheimnis für mich. Mein Stolz und mein Selbstwertgefühl erlaubten mir keine Offenbarung gegenüber meinem Alpha.

Das letzte Wochenende vor Schulbeginn war wettermäßig ideal für einen gut vorbereiteten und ausgiebigen Morgenspaziergang. Zu unserer Vorbereitung gehörte unbedingt ein Spielzeug, diesmal durfte Canis seine Beißwurst mitnehmen. Den ganzen Weg bis zur Pferdeeisenbahn musste ich an der Leine gehen, Alpha trug mein Spielzeug. Kaum hatte er die Leine abgenommen, forderte ich mein Spielzeug. Ich musste meine Sprinterkraft unter Beweis stellen. Mit der Beißwurst im Mund sauste ich in meinem schnellsten Galopp den Weg entlang, dann wieder zurück und im letzten Augenblick ganz eng an Alpha vorbei.

„Canis, tobe dich aus, denn morgen beginnt unsere Schule, da wird es wieder gesittet zugehen!"

Ich hörte zwar diese neue Information, nahm sie aber gar nicht so ernsthaft auf, denn ich hatte doch Alpha zu verstehen gegeben, dass ich nicht unbedingt scharf auf diese stupiden Übungen war. Scheinbar hatte Alpha aber bereits für mich entschieden. *Alpha, auch recht, aber bitte dann keine Beschwerde, wenn ich nicht so zackig wie ein Schäferhund bin!*

Am Vorabend unseres Kurses suchte auch Alpha seine Sachen zusammen. Seine Bergschuhe, eine Regenjacke und eine Kappe gehörten zu dieser Jahreszeit schon zur notwendigen Ausrüstung. Statt meines Halsbands bekam ich wieder die Halskette umgehängt.

Alpha steckte mich mit seinen Vorbereitungen an. Langsam kam auch bei mir Begeisterung auf, traf ich doch vielleicht meine zwei Kumpel wieder. Ich erinnerte Alpha sogar daran, dass er den Impfpass einpackte.

An diesem Tag weckte ich Alpha sehr früh auf, ich verspürte eine Ungeduld, ich musste etwas unternehmen. Doch keine Chance, Alpha ließ sich von mir nicht anstecken, ganz im Gegenteil, er wurde dadurch noch ruhiger und setzte sich sogar im Wohnzimmer auf die Eckbank. *Alpha, was ist los? Hast du vielleicht Angst bekommen? Ich fasse es nicht, Alpha, das ist doch pure Provokation, jetzt noch in aller Ruhe einen Kaffee zu trinken!*

Meine Unruhe steigerte sich in gleichem Ausmaß, wie Alpha mehr und mehr Ruhe ausstrahlte. Wie schaffte er nur das? Ich konnte nicht einmal mehr meine Augen einsetzen, sogar diese waren zu nervös. Jetzt endlich – es schien sich was zu tun. Alpha verabschiedete sich von Frauchen, ich saß natürlich schon startklar an der Wohnungstür.

Die Tage des sorglosen Spielens waren vorüber. Ich spürte in mir eine Veränderung. Die Beine wurden stärker und länger, agierten nicht mehr so unkontrolliert. Ich spürte meine Kraft beim Laufen und Springen, so rasch kam mir kein anderer Hund mehr nach. Alpha wusste das schon seit einiger Zeit, er ließ mich einfach ein Hovawart sein.

Sehr schnell hatte ich die Vorteile erkannt, wenn man die Menschen verstand. Bei Alpha war das nicht so schwierig. Ihn kannte ich nun schon sehr lange, wir verstanden uns nahezu in jeder Situation problemlos und ohne viel Plauderei, oftmals nur mit der Kraft der Gedanken.

Ich sah ihn an und wusste, ob er etwas ernst meinte oder ob noch ein bisschen Spaß in seiner Miene lag. Umgekehrt war es nicht so einfach. Alpha zeigte oftmals kleine Schwächen, da musste ich dann mein Begehr umschreiben. Ich war aber fest davon überzeugt, dass das absolute Verstehen nicht mehr lange auf sich warten ließ. Schon jetzt sagte man uns eine harmonische und verständnisvolle Gemeinschaft nach.

Mit großem Hallo fiel unsere Begrüßung am ersten Schultag aus. Die beiden Freunde, der Berner Sennenhund und der Deutsche Schäferhund, rannten zu mir. Die jeweiligen Herrchen hingen am anderen Ende der Leine und mussten aufpassen, dass sie nicht mitgeschleift wurden. Inzwischen waren wir drei zwischen 12 und 14 Monate alt geworden. Sah man uns nebeneinander, wurde so manch ungezogener Hund zahm wie ein Lämmchen. Wir waren eine respektable Gruppe. Man sah uns die ungezähmte Kraft an, nur mit Mühe waren wir manchmal zu halten.

Allerdings brachten unser Auftreten und das Gehabe als „erwachsene Hunde" für uns auch Nachteile. Immer wieder mussten wir uns anhören, dass das Kindesalter vorbei sei und dass von den Fortgeschrittenen eben mehr an Gehorsam und Leistung verlangt werden könne. Diese ewigen Ermahnungen, die bis zu sanften Drohungen gingen, belasteten dann doch unsere Unbeschwertheit.

Na gut, dachte ich mir, wir werden schon noch unsere Freizeit bekommen.

Auch die vielen Dummheiten und Lausbubenstreiche ließen uns unsere Herrchen nicht mehr durchgehen, ganz im Gegenteil, wir hörten immer wieder: „Das muss besser werden, wie wollt ihr mit diesen Leistungen durch die Prüfung?"

Die Prüfung – das Stresswort unseres Jahrganges! Manchmal hatten wir wirklich das Gefühl, dass unsere Herrchen mehr darunter litten als wir. Mich konnte sowieso ein Leistungsdruck überhaupt nicht motivieren, das Gegenteil war der Fall. Sehr zweckmäßig war in solchen Situationen der sogenannte „Ich-habe-das-nicht-verstanden-Blick", gepaart mit den entsprechenden Demutsgebärden. Nur in ganz seltenen Fällen hatte Alpha Zweifel an deren Echtheit.

Keinesfalls wollte ich meinen Alpha in irgendwelche Konflikte drängen, ich wusste, dass er es mit mir gut meinte und nur das Beste wollte. Aber manchmal juckte es mich unter Haut und der Lausbub gewann die Oberhand.

Der erste Schultag war für uns viel zu schnell vorbei. Wir drei konnten uns einfach nicht vorstellen, dass die weiteren Kurstage in dieser gemächlichen Form so weitergingen. Vom älteren Jahrgang sahen und hörten wir oftmals ziemliches Geheul, das hörte sich nach Wut an. Zum Glück waren wir noch meilenweit davon entfernt.

An jedem Samstagnachmittag war unser Kurs angesetzt. Alpha war wie immer sehr gut gelaunt, das übertrug sich sofort auf mich.

„Canis, wo bist du? Mach dich fertig, wir müssen fahren, du weißt ja, heute ist doch Kurs!"

So eine freudige Nachricht ließ ich Alpha nicht zweimal sagen. Ein kurzer Blick und ich sah, dass Alpha gut drauf war. Ich sprang an ihm hoch, sauste zwischen seinen Beinen durch, drehte um und machte das Ganze nochmals von vorn. Ich hatte eine riesengroße Freude!

Also, ich runter – die Haustüre stand offen. Ich lief direkt zur Garage und wartete brav auf Alpha. Natürlich bekam ich dafür auch ein großes Lob. Die einzelnen Streicheleinheiten erwähne ich gar nicht mehr, sie waren sowieso obligatorisch.

Ich sprang hinten in den Laderaum, Alpha schloss die Türe, ließ den Motor an und wir fuhren die bekannte Strecke.

Ich hatte natürlich schon beim letzten Mal genau die Gegend beobachtet. Mit der Zeit wusste ich recht gut, wo wir gerade waren und wann die nächste Kurve kam. Ich machte mir bereits einen Spaß daraus und rätselte, welche Kurvenlage ich einnehmen müsste.

Diese Ortskenntnisse führe ich allein darauf zurück, dass Alpha mich überallhin mitnahm, egal ob zum Gasthaus, Flugplatz, Einkaufszentrum oder sonst wohin. Alpha und ich waren ein Team.

Es war Schultag und wir fuhren zur Hundeschule. Auch meine zwei großen Freunde waren da. Jeder trug statt des Halsbands eine Halskette. Auch ich bekam eine solche Ausrüstung verpasst und Alpha führte mich nun auf den großen Platz. Mein Gesichtsausdruck und meine Bewegungen zeugten von meiner Ernsthaftigkeit, wenngleich ich von den dahinter gehenden Freunden manche Witzeleien hörte.

Unsere Klasse war ziemlich groß. Zum Glück durften wir drei Unzertrennlichen in derselben Gruppe bleiben, aber nicht nebeneinander! Es kamen auch noch andere Hunderassen zu uns, denn noch waren wir ein bunt gemischter Haufen von Schülern.

Der Lehrer stellte sich vor die Gruppe und sagte sein Sprüchlein auf. Worte wie Gehorsam, Aufmerksamkeit und Leistungswille wurden an uns gerichtet, den Frauchen und Herrchen wünschte er nur alles Gute.

Er erwähnte auch, dass in den nächsten Kurstagen eine Teilung erfolgen würde, große und kleine Hunde erhielten dann getrennten Unterricht. Das fand ich gut, denn wenn ich mal rasch in die Runde sah, würden dann nur noch zwei weitere „große“ Hunde in unserer Gruppe sein.

„Aufgepasst, sobald ihr die Aufmerksamkeit eures Hundes habt, marschiert ihr geradeaus bis zum Zaun, dann rechts, dann wieder rechts und in die Ausgangsposition zurück!" Das war quasi der Auftakt zum Ernst der Lage. *Uff, Alpha, diese vielen Anweisungen waren an dich gerichtet, mach mal, ich folge dir, sag mir aber rechtzeitig die nächste Wendung!*

Wir mussten alle hintereinandergehen. Ich hörte so manches aufmunternde Wort, manchmal fluchte auch ein Mensch, wenn er über seinen Kleinen oder über die Leine fiel. Der Trainer war streng, er sah alles und wir mussten uns so manchen Fehler eingestehen. Lob und Leckerlis wurden bei erfolgreichen Übungen gereicht, Tadel gab es, wenn etwas nicht so gut lief.

Wir waren absolut zu viele Schüler samt den Menschen. Manche Frauchen verwechselten links und rechts, das Ergebnis war dann ein Durcheinander. Manche lachten, am meisten kicherten aber die kleinen Hunde über die Hilflosigkeit der Menschen. Der Lehrer ballte seine Fäuste unsichtbar in der Hose, behielt aber seine Beherrschung bei und versuchte, das Chaos wieder in den Griff zu bekommen.

Alpha und ich waren die Letzten in der langen Reihe von zehn Paaren.

Wir mussten nach den Anweisungen des Lehrers einmal links und dann wieder rechts gehen, einige Schritte weiter wieder anhalten, um dann gleich wieder zu marschieren. *Also, Alpha, das ist doch nichts für mich! Wo bleibt das Hetzen und Herumtollen, wo das Springen und Kneifen?*

So etwas Langweiliges, da fange ich lieber mal gleich zu gähnen an. Zwecklos, Alpha kannte mich. Nicht so der Trainer, ihm war das ziemlich gleichgültig, aber der verstand zum Glück die Hovi-Sprache nicht.

Als ich das herausgefunden hatte, war für mich die Kommunikation mit Alpha während des Unterrichtes einfach. Ich solle mich endlich bemühen, meinte Alpha, die Pause sei doch gleich da!

„Ablegen!“, rief der Trainer den Hundeführern zu. Die Hunde bekamen ihrerseits das Kommando „Platz!“. Jetzt sollten die Hunde ruhig liegen. Ich musste mit Alpha ein deutliches Wort sprechen, diese Übungen waren vielleicht etwas für Dackel oder dergleichen, aber doch nicht für solche tollen Kerle wie wir. Außerdem kapierte die Mehrheit solche Kommandos erst nach vielfacher Wiederholung.

Wie auch immer, Versuche von einigen Freunden, in einem günstigen Moment abzuhauen, scheiterten an den strebsamen Menschen. Einige schafften es dennoch, die Unaufmerksamkeit auszunützen und samt Leine eine Runde auf dem Platz zu ziehen. Schimpfend und fluchend rannten dann die dazugehörigen Leinenträger hinterher, statt auf den Hund zu warten, denn sie störten dadurch die anderen Gruppen. Aber letztendlich wurden die Ausreißer an den nachschleifenden Leinen wieder eingefangen und mit dankbaren Blicken der Eigentümer wieder in Empfang genommen.

Komische und ulkige Menschen, es schien gerade so zu sein, als ob diese Hunde mit solchen Manövern die größte Freude hätten, zeigten sie doch, dass man mit vier Beinen eben schneller unterwegs sein konnte. Die armen Herrchen oder Frauchen schwitzten und rangen nach Luft, während deren Schützlinge sich vergnügten und dabei schon nach den nächsten Ausreißern Ausschau hielten.

Mir gefiel dieser „Hundezirkus“ ganz und gar nicht. Freilich wäre es lustig, ebenfalls eine außerordentliche Runde zu laufen, doch ich ersparte meinem Alpha so einen Wettlauf, den er sicher verloren hätte.

So blieb ich auf dem Platz, bekam dadurch mein Lob und wusste eigentlich nicht warum, ich wollte ja eh nicht weglaufen!

Aber es musste etwas geschehen, nach unserer Ansicht war der Trainer zu ehrgeizig! Er hatte eine so große Gruppe einfach nicht im Griff. Sie gehörte schnellstens geteilt. Doch wie konnten wir ihm unsere Ansicht vermitteln?

Nachdem alle meine Freunde wieder auf dem Platz und in der Reihe waren, versuchte ich eine andere Taktik. Ich war ja der Letzte in der langen Reihe und konnte deshalb auf „müde“ spielen.

Unbedingt dazu gehörte ein gekonntes Hinken. Natürlich richtete ich auch den berühmten Hovi-Blick auf Alpha und ließ mich einfach in das Gras fallen. Ich konnte und wollte nicht mehr, hieß das! „Canis, was ist los, du Schauspieler?“, rief Alpha. Wie der mich kannte! Verflixt, ich musste mir etwas Neues einfallen lassen. „Canis, auf mit dir, komm her zu mir, du Schauspieler!“

Jetzt bräuchte ich die guten Ratschläge meiner Geschwister, die waren für solche Eskapaden immer zu begeistern, von Mama wären da nur böse Blicke zu ernten.

Ich wusste inzwischen, dass ich unter den vielen Hunden auf dem Platz der einzige Hovawart war. Das konnte ein Vorteil sein, möglicherweise aber auch für alle weiteren Schultage einen Nachteil bedeuten. Genau so war es dann auch.

Ich lag „erschöpft“ im Gras. Meine Freunde hatten wenig später auch ziemlich rasch resigniert und waren an mir vorbeigegangen, mal langsam und dann wieder schnell. Nur ich lag in der Wiese und langweilte mich. *Verräter,* riefen sie mir zu, *steh auf, du Simulant* – solche Worte von meinen Freunden! Das konnte doch nur Verzweiflung sein.

Unsere stille Verständigung brachte uns nichts ein, die Menschen setzten ihren Willen durch.

Alpha, ich bin nicht mehr müde, signalisierte ich, stand auf und schüttelte mich so richtig durch. Dazwischen imitierte ich ein langes Gähnen und stand dann wieder munter neben Alpha. Einige wenige aufmunternde Worte genügten – Alpha wusste genau, was ich gerne hörte.

„Los geht's, Canis, den anderen nach!“

Viele Tage verbrachten wir auf dem Übungsplatz. Wir waren immer noch zehn Hunde in unserer Gruppe und gewöhnten uns langsam daran, dass im Unterricht nur einer der Anführer sein konnte. Diese langweiligen, sich endlos wiederholenden Übungen wurden vom Trainer angeordnet, alle tanzten nach seiner Pfeife.

Eigentlich hatten wir aufgrund der letzten Äußerung gedacht, dass unsere Gruppe nur noch mit fünf Hunden weitergeführt würde. Es wäre wirklich an der Zeit, dies durchzuführen. In der Pause besprachen wir drei Freunde uns nochmals. Wir würden versuchen, dies über unsere Herrchen rasch zu realisieren.

Sicherlich hätten dadurch alle Vorteile, denn so manche kleinen Hunde jammerten, weil ihnen vor allem die Frauchen durch die Verwechslung der angegebenen Richtung auf die Füße traten.

Auch bei allen anderen Leinenträgern, die mit uns über das Feld gingen, kamen Fehler vor. Diese Übungen sollten einmal schnell, dann wieder langsam, einmal im Laufschritt, dann wieder in langsamem Schritt vor sich gehen, dann wurde plötzlich ein Richtungswechsel angeordnet, stehen bleiben, sitzen, niederlegen, dann alles wieder von vorne und noch einmal und so weiter und so weiter. Da wurde auch so manch anderer Hundeführer verwirrt. Die Gruppe war einfach zu groß.

War das langweilig!

Was hatten die mit uns vor? Wie lustig und fröhlich war doch der Kindergarten gewesen! *Du, Alpha, kannst du uns nicht ein bisschen Abwechslung bringen?* Vergebens, Alpha wollte diesmal auf meine fragenden Augen überhaupt nicht antworten. Ich sah tatsächlich, dass auch Alpha nicht mehr so begeistert war, nur sagte er es nicht.

Endlich – die lang ersehnte Pause war da. Ich musste Alpha hoch anrechnen, dass er mich in den Pausen nie in die kleinen und übel riechenden Hundeboxen gab. Ich durfte als Einziger im Auto, bei geöffneter Laderaumtür, ausruhen.

Meine zwei Freunde waren in unmittelbarer Nähe untergebracht und so hatten wir die Möglichkeit, einige Erfahrungen auszutauschen. Wir unterhielten uns über die Trainingsmethoden, über die Fortschritte und über zwei kleine, kurzbeinige Hunde, die wegen ihrer Größe auf alle Fälle sehr benachteiligt waren. Sie konnten oder wollten die Übungen nicht kapieren. Das Ergebnis war, dass die beiden kurzerhand in eine andere Gruppe kamen.

Zwischen den einzelnen Unterrichtsabschnitten gingen unsere Herrchen mit uns zum nahe gelegenen, kleinen Fluss. Wir durften alle frei laufen und tobten uns so richtig aus. Das Wasser spritzte nach allen Seiten. Die kleineren Kameraden waren natürlich ziemlich benachteiligt, denn schon bei geringer Wassertiefe mussten sie schwimmen.

Aber auch hier war es so, dass die langbeinigen Hunde die „Jagdgruppe" bildeten. Kein Hindernis konnte uns bremsen. So müde wir uns auch auf dem Platz gaben – unsere Besprechung hatte eindeutig ergeben, dass die Eintönigkeit der Übungen schuld daran war –, so munter und voller Kraft waren wir in diesen Minuten.

Ich gehörte immer zu den besten Läufern, fürchtete aber, dass mein Alpha mich durchschaute und dann auf dem Schulplatz keinen Schlendrian tolerieren würde.

Wo war Alpha? Ich sah ihn nicht mehr! Sofort trennte ich mich von meinen Freunden und suchte ihn am Ufer und in den nahe liegenden Strauchgruppen. *Du Alpha-Schlingel, habe ich dich doch gefunden, du kannst dich noch so gut verstecken, auf meine Augen und auf meine Nase kann ich mich verlassen.* Ich konnte es mir nicht verkneifen und biss ihn ganz sanft in die Hand. *Du kannst dich nicht vor mir verstecken, ich finde dich überall.*

Diese kleine Unterbrechung war gut für uns, ich hatte wieder Kontakt mit Alpha und konnte ihm meine Bindung beweisen. Zudem bekam ich ein kleines Stück seiner Jause – war das köstlich!

Meine zwei Jagdgefährten donnerten an mir vorbei, das sollte wohl eine Aufforderung sein, aber ich ließ mich in diesem Moment von der Zweisamkeit mit Alpha nicht ablenken.

Ich hatte noch ein Stück Brot im Mund, da riefen schon die ersten Frauchen und Herrchen ihre Schützlinge zu sich. Sie wollten ihren Eifer zeigen und unaufgefordert auf dem Platz erscheinen.

Eine Trillerpfeife riss uns alle aus der Ruhe, der Hundetrainer kam auf uns zu und wir mussten zurück auf den Schulplatz. Weiter ging es mit den Übungen, mit denen wir vor der Pause aufgehört hatten. Manchmal kam es uns so vor, als ob wir alle Weltmeister werden sollten. Ich merkte nach einer Weile sehr deutlich das Nachlassen der Konzentration. Obwohl unsere Gruppe jetzt nur mehr acht Paare umfasste, war es allemal anstrengend und kräftezehrend.

Aus – wir wollten nicht mehr. Auch die anderen Hunde streikten, zogen an der Leine, setzten sich hin, gähnten. Die ganze Gruppe war sich einig. Das hatten sowohl der Trainer als auch unsere Herrchen nicht erwartet. Diese Absprache, bei der ja nur wir wussten, um was es wirklich ging, war einzigartig. Es war so herrlich anzuschauen! Alle Hundeschüler lagen im Gras und spielten auf „total erschöpft". Die Menschen unterhielten sich aufgeregt über dieses ungewöhnliche Vorkommnis und jeder glaubte, dazu etwas sagen zu müssen. Wir hatten unser Ziel mit ganz geringem Aufwand erreicht – für heute sollte Schluss sein!

Ganz unter uns – ich denke, dass dies der erste organisierte Streik in dieser Hundeschule war.

Der Trainer suchte Erklärungen für dieses außergewöhnliche Ereignis und fand Entschuldigungen. Die Temperatur sei zu hoch und der Stress enorm, die Pause wäre zu lang gewesen, auch einige Ablenkungen wären schuld und so weiter und so fort.

Wir ließen ihn reden, wichtig war, er gab Ruhe. Letzten Endes rief er den Unterrichtsschluss aus, vergaß aber nicht, alle Herrchen daran zu erinnern, dass sie uns den restlichen Tag über schonen sollten. „Wir sehen uns also nächste Woche wieder, zur selben Zeit", das war seine Erinnerung an uns. Seine Worte gingen bei uns auf der einen Seite rein und auf der anderen wieder raus.

Noch viele Wochen mussten wir üben und gehorchen. Aber es wurde erkennbar immer besser. Auch wir verstanden in der Zwischenzeit, dass der Trainer das nicht aus Jux und Tollerei machte. Er hatte den Ehrgeiz, dass das Team bestens abschnitt. Unsere Gruppe würde immer prüfungsreifer, so die Meinung des Trainers, wir verstanden das durchaus als Anerkennung.

Überhaupt ging in den letzten Wochen bei einigen Kameraden ein Ruck durch den Körper. Auch ich empfand eine Veränderung, obwohl ich nicht sagen konnte, was sich da wirklich tat.

Abends, nach dem Fressen, hatte ich Zeit. Ich beschäftigte mich mit diesem Phänomen. Mit diesen unsichtbaren Kräften musste ich aller Voraussicht nach vorsichtig umgehen. Ich hatte keine direkten Schmerzen, ich denke, dass alles vom Kopf ausging. Mal dachte ich an die drei Freunde und an die tollen Spiele, mal schaltete ich auf Ernsthaftigkeit bezüglich der Hundeschule, schließlich gingen mir die zwei unterentwickelten Hunde durch den Kopf, die in die Parallelgruppe mussten.

So viele Gedanken und vor allem kamen sie unkoordiniert, einfach so durcheinander.

Ob mir da Alpha helfen konnte? Und sollte ich ihn damit überhaupt belasten?

Diese ambivalente Haltung konnte ein anderer nicht verstehen, ich musste allein damit zurechtkommen. Aus! Basta!

Doch halt, hatte nicht Mama einmal Ähnliches erwähnt? Hatte sie nicht von einer Veränderung gesprochen, die auch einen Hundekörper erfassen könne? Hatte sie nicht auch davon gesprochen, dass sich die Stimme verändere, sich zwischen Rüden eine Art Konkurrenz bildete und es manchmal zu Auseinandersetzungen kommen könne?

Ja, Mama hatte das damals schon vorhergesehen und ich denke, dieser Fall war jetzt eingetroffen. Meine Stimme – die musste ich sofort auf die Probe stellen. Ich schmetterte mein

Gebell in allen Stimmlagen hinaus, eigentlich kam es mir unverändert vor – doch jetzt vernahm ich es auch, zwischen den hohen Rufen nach „Fressen“ und den tiefen Tönen „Komm her, mein Freund“ krächzte etwas, die Stimmlage schien sich zu überschlagen.

Zufall, dachte ich erst. Aber bei den Wiederholungen kamen diese Misstöne wieder aus meiner Kehle.

Ich musste das rasch vergessen, wollte an die Folgerungen aus dieser Entdeckung gar nicht denken!

Der Tag der Entscheidung war da. Wir sollten nun zeigen, was wir gelernt hatten. Ein neuer Mann – wir hatten ihn noch nie gesehen – stellte sich vor uns hin und wir mussten artig an der Seite unserer Herrchen sitzen.

Unsere Gruppe bekam Richtlinien für die einzelnen Übungen und unsere Herrchen wurden angehalten, nur solche Anweisungen zu geben, die die Übungen betrafen. Alle weiteren Hilfen würden mit Punkteabzug belegt. „Es beginnt Herr … mit seinem Dobermann Astor“, „Herr … wird seinen Retriever beim Zaun ablegen.“

Alle anderen Kandidaten mussten außerhalb der Schulungswiese warten. Nach einiger Zeit hörten wir Applaus, die beiden Hundeführer mit den Kandidaten verließen die Wiese.

Alpha und ich gingen zu einem schattigen Platz und Alpha erklärte mir noch die letzten wichtigen Bewegungen. „Canis, ich glaube, jetzt wird es ernst, aber du schaffst es, konzentriere dich ganz auf meine Bewegung und auf meine Stimme“!

Ich hielt Blickkontakt zu Alpha und las in seinem Gesicht. Offensichtlich war er begeistert, das übertrug sich sofort auf mich, es war eine perfekte Motivation – wir waren eine Einheit.

Nachdem schon einige Freunde die Übungen hinter sich gebracht hatten, mussten wir uns nach unserem Aufruf auf den Platz begeben und die Grundstellung einnehmen. Es erfolgte von Alpha eine Meldung, wer er war, wer ich war und wozu wir hier waren.

Der neue Mann – er hatte sich gleich zu Beginn als Prüfungsleiter vorgestellt – gab uns also gezielte Anweisungen. Die Reihenfolge der einzelnen Übungen hatten wir endlos geübt. Ich blickte auf zu Alpha und dieser gab in ruhigen, aber verständlichen Worten seine Anweisungen. Keine Nervosität war zu spüren, jede Übung spulten wir ohne Fehler herunter.

Die Prüfung dauerte sicherlich an die 30 Minuten. Am Ende musste Alpha uns wieder abmelden und wir verließen schulmäßig den Übungsplatz. Da kam der Applaus, der galt mir!

Alpha war sich sehr sicher, dass ich diese Prüfung bestanden hatte. Er drückte mich ganz fest und sagte mir, wie stolz er sei.

Hinter uns kam noch „Streuner" mit seinem Herrchen. Auch diese beiden gaben eine sehr gute Vorstellung und erhielten von den Zuschauern einen lauten Applaus.

Nachdem alle Prüflinge fertig waren, rief uns der Prüfungsleiter auf den Platz. Wir mussten uns im Halbkreis um ihn aufstellen. Der Mann hatte zu jedem Prüfungspaar seine Notizen zur Hand. „Durchgefallen ist niemand, trotzdem war der Unterschied in den gezeigten Leistungen sehr hoch!", meinte er, verlas zu jedem positive bzw. auch negative Beobachtungen, um letztendlich dann die Gesamtpunkte zu verkünden.

Langsam wurde ich ziemlich aufgeregt, Alpha bemerkte das auch und legte seine Hand auf meinen Kopf.

Da – jetzt waren wir dran. „Herr … mit Canis. Die Übungen wurden zum großen Teil mit der Höchstnote absolviert. Eine leichte Schlampigkeit ist mir bei den Richtungsänderungen aufgefallen. Sehr gut waren auch das Herbeirufen und die Genauigkeit der Ausführung. Einmal sah ich eine Leinenhilfe. Sehr gut wiederum war die Aufmerksamkeit des Hundes. Insgesamt erreichte Canis 97 Punkte."

Hurra, ich wurde Zweitbester der Gruppe! Ich sah zu Alpha auf, täuschte ich mich oder sah ich da eine kleine Freudenträne?

Nach unserer Gruppe wurden die Prüfungen fortgesetzt. Alpha und ich gingen in Richtung des Flusses, nicht um zu baden, nein, wir wollten einfach allein sein und in Ruhe entlang des Flusses auf dem schmalen Waldweg wandern. Ich vermittelte Alpha, wie glücklich ich war, und ich kam mir mit dieser Prüfung erwachsen vor. Alpha ließ mich reden, er wusste, dass ich damit meine Anspannung abbaute.

Am Ende der Veranstaltung gab es dann noch eine kleine Feier. Unsere „Leinenträger" genehmigten sich ein Bier, wir erhielten vom Hundeverein einen Kauknochen und verzogen uns in den Schatten.

Alpha und ich entschieden in dieser euphorischen Situation, auch noch den nächsten Kurs mit Prüfung zu machen.

Grundsätzlich lag der Unterschied zum ersten Kurs darin, dass alle Übungen ohne Leine zu machen waren. Klar, dass dadurch gewissen Schwierigkeiten auftauchten, aber ich wäre dann auch etwas älter und vernünftiger.

Die Zeit zwischen den beiden Kursen war diesmal sehr kalt, ein eisiger und strenger Winter stand vor der Tür – für mich eine richtige Erholung. Jetzt konnte ich den Kälteschutz, meine Unterwolle und mein Fell, so wunderbar einsetzen. Die große Wiese eignete sich herrlich für das „Schneerennen" mit anderen Hunden. Es gab so viele Hunde, die furchtbar froren. Ich konnte das gar nicht verstehen, je kälter und schneereicher es war, desto wohler fühlte ich mich.

Alpha hatte in der Zwischenzeit ein beachtliches Vertrauen zu mir aufgebaut, eine Leine gab es nur mehr in der Stadt. Ich befolgte alle seine Anordnungen, nur manchmal schlug der Hovawart noch durch. Mit „Hilfe" von Alpha war das schnell behoben.

Ich wiederum bewies Alpha, dass er sich voll auf mich verlassen konnte. Ich schuf während des Winters die Voraussetzungen für meinen nächsten Schritt in der Ausbildung. Meine Mama hatte in einer ihrer Lehrstunden gesagt, dass ein Hovawart erst ab drei Jahren erwachsen, dafür aber so manchem

Hund an Intelligenz überlegen sei. Was sollte ich dazu noch sagen? Mama wusste sicherlich Bescheid. Auch Alpha und Frauchen waren diesbezüglich sehr mit mir zufrieden, sie meinten oft, dass ich auch den neuen Kurs mit Leichtigkeit schaffen würde.

Der Winter war nahezu vorbei, nur mehr selten fielen Schneeflocken vom Himmel. Bei unseren Spaziergängen sahen wir bereits zarte Knospen an den Sträuchern. Die Wiesen, die wir noch vor wenigen Wochen als ideale Rennplätze zur Verfügung hatten, zeigten sich jetzt schon vermehrt ohne Schnee.

Im Garten kamen Frühlingsblumen hervor, die Krokusse versprühten in ihrer verschwenderischen Farbenpracht einen wunderbaren Duft. Immer wieder sahen wir Eichkätzchen, die hoch oben in den Bäumen die tollsten Sprünge und Kapriolen schlugen. Auch die Vögel zwitscherten zu dieser Zeit anders, einfach freudiger und erwartungsvoller.

Ich spürte auch in mir eine Art Verwandlung. Die wenigen mutlosen Phasen waren vorbei, ich verspürte eine innere Kraft und hätte den ganzen Tag mit anderen Hunden meine Kraft messen können.

Alpha machte mich aber darauf aufmerksam, dass in der nächsten Woche wieder die Schule beginne und ich mich vernünftig benehmen solle.

Ich verstehe das ja, Alpha, du verstehst das aber sicherlich auch, ich sehe jetzt jeden anderen Rüden in meinem Alter als Gegner, ich möchte das gar nicht, trotzdem ist es so.

Die einzelnen Zeremonien des ersten Schultages hatte ich noch nicht vergessen. Diesmal waren einige neue Hunde im Kurs. Sofort suchte ich nach den Rüden, forschte nach deren Bedürfnissen und teilte sie ein nach „es geht“ und „auf den werde ich achten“. Entsprechend dieser Einteilung manipulierte ich Alpha bezüglich des Platzes in der Gruppe.

Meine Hormonproduktion war voll im Gange und in unserer neuen Gruppe gab es auch ein teuflisch schönes Mädchen. Die rassige Schäferhündin Luna hatte es mir angetan. Ich beschützte sie jederzeit und wachte eifersüchtig darüber, dass keine Rüden in ihre Nähe kamen. Ganz schlimm war es in den Pausen, da sollte ich an mehreren Orten zugleich sein.

Zu meiner Ehre muss ich aber schon erwähnen, dass ich auch der Luna nicht gleichgültig war. Als ich am ersten Kurstag sah, dass meine beiden Freunde aus dem ersten Kurs nicht mehr da waren, fiel mir ein Stein vom Herzen. Wir hätten jetzt sicherlich unsere Kräfte gemessen und mit der Freundschaft wäre es dann wahrscheinlich vorbei gewesen.

Es blieb nicht aus, dass in den Pausen die Entfernung zwischen den Rüden und den Mädchen immer kleiner wurde, die Rüden dann zähnefletschend mit gefährlichem Knurren aufbrausten und Scheinangriffe starteten. Ich war aber auch an der Leine, so konnte ich niemanden gefährden.

Alpha musste auch manchmal bei anderen Rüden streng einschreiten, aber ich nahm ihm das nie krumm. Alle Rüden meiner Gruppe hatten ja dasselbe Problem, da hörte man schon manchmal das eine oder andere Herrchen heftig schimpfen.

Der Vorteil war, wir durften viel öfter Pause machen und als Männerrunde zur Abkühlung in den Fluss schwimmen gehen. Die Mädchen durften zu dieser Zeit nicht mit uns baden. Sie blieben in der Obhut ihrer Herrchen oder in diesen übel riechenden Holzboxen.

Mehrere Wochen später standen wir dann vor der zweiten Prüfung. Da war Alpha wegen mir stinksauer, er war überhaupt nicht zufrieden, na ja, es passierte mir ein peinliches Malheur. Sonderbare und fremdartige Gerüche waren die Ursache, sie störten von Anfang an den Ablauf der Prüfung und meine Konzentrationsfähigkeit.

Obwohl ich kein Mädchen sah, waren diese Gerüche sehr kräftig vorhanden, ich sah und hörte Alpha nur mehr durch eine Nebelwand. Furchtbar! *Alpha, entschuldige mein Verhalten, ich kann nicht dagegen ankämpfen, der Geruch in der Wiese ist so verlockend, können wir Pause machen?*

Auch der Prüfungsleiter bemerkte die Unaufmerksamkeit, er machte sich diesbezügliche Notizen.

Im ersten Teil meiner Prüfung, der sogenannten Unterordnung, war ich dank Alphas ernster Worte ausgezeichnet.

Danach kam das Herbeirufen und die Katastrophe nahm ihren Lauf. Nachdem Alpha mich abgelegt hatte, musste er sich dreißig Schritte entfernen. *Alpha, nicht so weit – ich sehe dich nur noch verschwommen – diese Gerüche – sie kommen jetzt stark auf mich zu – Luna, du bist auch dabei – hört auf, ich muss doch die Prüfung machen – Luna, wo bist du?*

Von ganz weit weg, wie durch einen Nebel, hörte ich „Hier!“, das konnte doch nur Alpha sein. Benommen stand ich auf, machte mich zu einem Spurt bereit, aber schon nach wenigen Metern musste ich stoppen. Der Duft war so stark, als ob die Hündin hier wäre. Ich ging also nach rechts, wieder zurück und suchte sie dann links.

„Canis, hier!“, hörte ich wieder Alphas Hilferuf. Kurz blickte ich zu ihm, es fiel mir verdammt schwer, in seine Richtung zu gehen. Langsam näherte ich mich ihm, setzte mich mit verschwommenen Augen vor ihn hin. „Fuß!“, hörte ich jetzt sehr scharf und deutlich. Ich kannte dieses Kommando noch vom Training, sollte ich da nicht um Alpha herumgehen und mich auf seine linke Seite setzen? Was hatte ich angestellt, meine Beine wollten in eine ganz andere Richtung laufen!

Es kam aber noch schlimmer. Ich musste Alpha beruhigen, musste ihn um Verzeihung und um Verständnis bitten. Ich ging als langsam um ihn herum. Mein Ziel sollte seine linke Seite sein und ich sollte die Übung in sitzender Position beenden.

Ich hatte diese nebelige Phase noch nicht vollendet, da traf es mich wie ein Keulenschlag – eine ungeheure Duftwolke umnebelte mein Gehirn.

Was dann tatsächlich passierte, möchte ich so genau nicht erzählen, aber es war eine richtige Blamage für mich und meinen Alpha.

Alpha hat mir nach diesem Fiasko erst im zweiten Anlauf vergeben, da war ich mir ganz sicher. Im Augenblick der einzigartigen Blamage war Alpha innerlich so wütend, dass er mich am liebsten auf den Mond geschossen hätte.

Alpha sagte irgendetwas von Weibchen, die uns einfach den Kopf verdrehten.

Ich verstand das nicht, merkte mir das aber, um bei Gelegenheit darauf zurückzukommen.

Ich schämte mich schrecklich, hoffte, Alpha führe mit mir nach Hause, da könnte ich mich irgendwo verstecken.

Die große Peinlichkeit kam dann zu ihrem Ende. Bei der Halbkreisbesprechung erwähnte der Prüfungsleiter, dass vormittags mehrere Hündinnen auf dem Platz gewesen seien und uns dadurch den Ablauf der Prüfung enorm erschwert hätten. Ich rechnete ihm hoch an, dass er meinen peinlichen Ausrutscher nicht kommentierte, sondern sich mir der Verlautbarung der erreichten Punktezahl zufriedengab.

Im Ergebnis erreichten wir mit wenigen Punkten Überschuss das Limit, aber auch nur deshalb, weil ich im ersten Teil der Prüfung ausgezeichnete Leistungen erbracht hatte. Na ja, der zweite Teil war furchtbar! Darum möchte ich auch nicht mehr so gern darüber sprechen. Ich hatte zwei Prüfungen positiv absolviert, alles andere war vergessen.

Ganz würde ich aus diesem Dilemma nicht herauskommen, meine Freunde würden mich nach der Prüfung fragen. Sollte ich die Wahrheit sagen oder schwindeln? Dieses Problem wurde mir schlagartig bewusst, das musste ich noch mit Alpha besprechen.

Was meinte Alpha da schon wieder? Gab es da etwa geheimnisvolle Kräfte, die uns Rüden aus der Bahn warfen? Darüber musste ich unbedingt mehr wissen!

Ich erinnerte mich an Mama, die uns mehrmals gesagt hatte, ein Hovi sei nicht nur dickköpfig, sondern auch immens neugierig. Das sei aber wichtig für den weiteren Lebensweg, wir müssten es nur klug anstellen.

Das war einfach gesagt. Meine augenblicklichen Gefühle sagten mir aber etwas ganz anderes. Mich interessierte an diesem Tag nichts mehr, ich wollte nur nach Hause!

Rein aus Spaß besuchten wir Tage danach nochmals den Schulplatz, Alpha wollte mit mir etwas ausprobieren. Ich träumte vor mich hin, erinnerte mich an das Fiasko, sah meinen Alpha mit starrem Blick an und hörte von Weitem ein Lachen. Doch ziemlich schnell wurde ich aus meinen Gedanken gerissen. Alpha warf eine Hantel über ein schräges Hindernis, während ich neben ihm saß und ganz aufmerksam zuschaute.

Aus den Augenwinkeln beobachtete ich Alpha, er war konzentriert und meinte es tatsächlich ernst. *Da hinüber soll ich laufen, so ein steiles Hindernis?*

Es war eine schräge Wand, da sollte ich rauf, auf der anderen Seite wieder runter und da lag dann die Hantel.

Aah, jetzt wusste ich, warum Alpha „Bring!“ rief, die sollte ich also aufnehmen und ihm bringen. Diesmal nahm ich aber den einfachen Weg – um das Hindernis herum. Alpha aber war nicht zufrieden. Er nahm mir das Holzstück aus dem Mund und erklärte mir, dass ich auf dem Rückweg mit der Hantel wieder über das Hindernis müsse und nicht bequemerweise um das Hindernis herum.

Alpha, das weiß ich doch, ich wollte aber den einfacheren Weg gehen. Ach, bist du streng!

Mit meiner lustlosen Art brachte ich Alpha auf die Palme. Damit ich mir den Ablauf besser einprägen konnte – so meinte Alpha –, sahen wir einigen Hunden aus der Gruppe zu, die mit Begeisterung stereotyp über das Hindernis jagten, vor und zurück, Hindernis rauf, Hindernis runter und das stundenlang. So was Blödes, da würde ich sicherlich nicht dabei sein.

Bei diesen Vorstellungen wurde mir klar, dass ich dazu nicht geboren war. Es mochte ja andere Hunderassen geben, die alles dafür taten, nur um ihrem Herrchen einen Stock zu bringen.

Ich war neugierig, wie Alpha das aufnahm. Ich fand einfach, dieses „Bringen“ gehöre nicht zu einem Hovi, irgendwie war das einfallslos. Jene, die das mit Freude machten, sollten es tun.

Nach mehrmaliger ergebnisloser Wiederholung wurde ich dann von dieser lästigen Übung befreit. Der Trainer und Alpha hatten längere Zeit miteinander gesprochen, gestikuliert und dabei immer wieder zu mir herübergeschaut. Was die wohl jetzt über mich sagten? Es konnte durchaus sein, dass ich mich durchsetzte.

Egal, mein Alpha war auf meiner Seite, da war ich mir ganz, ganz sicher!

„Canis!“ Alpha klang ziemlich energisch, das war ich von ihm überhaupt nicht gewohnt. Wir gingen allein einige Runden über den Platz und ich hatte das Gefühl, Alpha müsse mit etwas klarkommen. So war es dann auch. Auch Alpha fasste einen Entschluss zu unserer beider Vorteil.

Meine Ausbildung in dieser Schule war zu Ende. Alpha verabschiedete sich von den anderen Hundeführern und ich durfte noch einmal mit den Schulfreunden im nahen Fluss baden. Eine herrliche Zeit war es, zwar mit Pflichten versehen, aber doch frei von großer Verantwortung.

Nach den Ferien hat sich Alpha nur mehr mir gewidmet, mit mir gemeinsam sehr viel Zeit verbracht und mir fast täglich neue Dinge gezeigt und erklärt. Das war für mich die beste Schule, da lernte ich wissbegierig die Dinge, die vor allem ein Hovawart brauchte.

Das war richtiges Lernen, so wie ein Hovawart es in seinen Genen gespeichert hatte. Alpha hat dieses Wissen sukzessive abgerufen. Diese praxisnahen Stunden mit Alpha waren für mich die wertvollste Zeit in meinem jugendlichen Alter.

– Vom Jugendlichen zum jungen Erwachsenen –

Jetzt begann für Alpha und mich eine Zeit anderen Lernens, des Entdeckens, der Neugier und des „Einsaugens“ von Erkenntnissen des täglichen Lebens.

Ich hatte seit einiger Zeit beim Zusammensein mit Alpha das Gefühl, dass sich unsere Gedanken auf einer unsichtbaren Welle gegenseitig austauschten, dass wir voneinander lernten und offensichtlicher Widerspruch zwecklos war, dass aber Alpha alles auch zu meinem Vorteil machte.

Alpha hatte andere natürliche Gaben, die vorausschauend auch mich vor so manchem Unheil bewahrten. Sehr oft hatte ich mir Gedanken darüber gemacht, wie es denn möglich sei, dass mich Alpha rechtzeitig vor Ereignissen warnte, die ich nie und nimmer erkannt hätte. Bei so manchen Hindernissen konnte ich dadurch Schaden und Schmerzen verhindern.

Aber so war eben mein Alpha. Wie selbstverständlich machte er mich immer wieder auf Dinge aufmerksam. Kam dann tatsächlich diese heikle Situation auf mich zu, sandte ich ihm einen dankbaren Blick und Alpha nickte dann immer verständnisvoll.

Eine fremde Person hätte das nie verstanden, sie hätte sich vielleicht gewundert, dass nie etwas passierte oder dass Alpha und ich so oft Blicke austauschten. Wir waren ein wunderbares Gespann.

Wir machten zusammen Ausflüge mit dem Auto und zu Fuß.

Ein sehr gutes Training war zum Beispiel Alpha mit Rad. Alpha fuhr mit dem Rad und ich lief daneben auf dem Gehsteig. Manchmal war es auch so, dass wir unabhängig voneinander ein Ziel ansteuerten. Mit meiner Schnelligkeit war ich dann oft rascher am Ziel als Alpha, bei diesen Wettkämpfen konnte ich meinen Vorteil ausspielen. Während Alpha mit seinem Fahrrad auf der schmalen Straße und auf den Wegen fahren musste, konnte ich Abkürzungen nehmen, sauste einfach über Wiesen, durchquerte auch ein kleines Wäldchen und saß bereits am Ziel, wenn Alpha strampelnd und keuchend siegessicher um die letzte Kurve kam. Wenn er mich sah, reduzierte er sein Tempo und kam dann manchmal auch zu Fuß zu mir.

Voller Zuneigung und Freude über diesen „Sieg“ schmiegte ich mich ganz eng an seine Beine, genoss seine streichelnde Hand und bekam manchmal auch etwas zum Beißen.

Solche Spiele machten wir fast immer zum Schluss eines Ausflugs, wir konnten uns dann entweder beim See oder zu Hause ausruhen.

Ich möchte meine Erkenntnisse aus dieser Zeit auch an die vielen anderen jugendlichen Hovawart-Rüden weitergeben. Es ist einfach wichtig, dass die Art und Weise des Denkens und Handelns von Generation zu Generation weiterlebt. Gerne erinnere ich mich an die vielen Abende mit Mama, an denen sie uns Geschichten aus ihrem jugendlichen Leben erzählte. Vieles glich bereits jetzt meinem Leben, ich war aber überzeugt, dass das nur der Anfang war.

Manchmal sagte Mama auch: *Wir sind halt die liebenswerten Sturköpfe, aber ich glaube einfach, dass uns gerade deshalb die Menschen so lieben.*

Also, mein Alpha gehörte auf alle Fälle zu dieser Spezies, aber es brauchte schon eine Portion Klugheit, den Alpha das nicht merken zu lassen. So kamen wir immer gut miteinander aus, Alpha war und blieb doch mein Boss.

Keinesfalls durfte ich ihm eingestehen, dass ich ein Sturkopf war. Ich umschrieb solche Hinweise immer mit „nachdenken“. Andererseits habe ich Alpha nie verbessert, wenn er mir in seltenen Fällen den Ausdruck „Sturheit“ an den Kopf warf.

Ich vermied einfach solche Diskussionen, damit war jede Anspannung vorbei. Es gab diesbezüglich keinen Verlierer und keinen Sieger.

Doch – da war noch ein signifikantes Erlebnis mit einem jungen Hovi. Alpha hatte mich wieder mal aufgefordert, ins Auto zu springen. „Canis, heute lernst du einen jungen Hovi kennen. Er ist erst wenige Tage bei seiner neuen Familie, hat nun ein neues Heim und du musst ihm etwas helfen."

Alpha und die Menschen in dem schönen Haus kannten sich schon lange. Die Begrüßung war nicht viel anders als zwischen uns Hovawarte, sehr herzlich und lieb. Wir Hunde beschnüffelten uns, die Menschen umarmten sich und gaben sich Küsschen. So viele Unterschiede sah ich bei diesen Zeremonien nicht.

Aber ich sah auch schon mal Begrüßungsvorgänge bei Menschen, die sich nicht „riechen" konnten. Da tat man so freundlich und innerlich sträubten sich alle Gliedmaßen dagegen. Da sagte man sich liebe Worte und in Wirklichkeit war es jedem zuwider. So etwas konnte ich nicht verstehen, zum Glück erlebte ich solche Falschheiten sehr selten.

Bei uns war das doch viel aufrichtiger. Wir Hunde sagten uns vom ersten Moment an, bleib mir vom Leib, ich kann dich nicht riechen. Wenn es notwendig war, stellte ich auch meine Nackenhaare etwas auf, bei ganz komischen Begegnungen war auch mal ein Knurren notwendig. Schon war die Angelegenheit geklärt und bereinigt, jeder wusste über den anderen Bescheid. War das nicht ehrlicher?

Aber dann wurde es spannend.

Das kleine, schwarze Knäuel kam auf mich zu. Im ersten Moment dachte ich an meine Brüder, aber der Geruch war anders, ganz neu.

Er sah so aus wie ein Hovi, war aber doch fremd. Arko wurde er gerufen und verwöhnt wurde er, überall lagen kleine Goodies herum. Im Garten sah ich eine Art Knochen – war der für mich?

Schau, schau, der Kleine wollte mir doch tatsächlich den Knochen streitig machen! Na warte, du Winzling. Wo blieb denn da der notwendige Respekt? Wie hatte das doch gleich Mama immer gemacht?

Entweder gab sie uns mit der Schnauze eine harte Abreibung oder sie nahm uns mit ihrem Fang im Nacken und trug uns abseits in eine Ecke. Dort mussten wir bleiben. Jeder von uns hatte sofort die Ernsthaftigkeit verstanden und sich dementsprechend verhalten.

Und schon hatte ich ihm die Meinung sehr deutlich gesagt. Er jammerte ein bisschen, verstand aber sehr gut, worauf es ankam – für den Kleinen eine ganz wichtige Lehrstunde. Viele solcher „Hinweise“ habe ich meinem kleinen Freund gegeben, wenngleich ich bereits damals wusste, dass irgendeinmal ich der Schwächere sein würde.

Arko akzeptierte alle meine Belehrungen, flüchtete auch hier und da in die Nähe seines Frauchens, die sich beschützend zwischen uns stellte. Sehr oft erhielt auch mein Alpha dann von diesem Frauchen eine Ermahnung. „Canis“, sagte dann Alpha immer zu mir, „sei nicht so wild, das ist doch noch ein Baby!“ *Ja, mein Alpha, siehst du, so beginnt das Verhätscheln und ein Hovi, so klein und jung er auch sein mag, hat das schnell erfasst. Nur du, mein lieber Alpha, hattest immer eine strenge Hand!*

Bei solchen Erlebnissen kam mir schon wieder Mama in den Sinn, die uns immer wieder eindringlich gesagt hatte, dass es die Pflicht eines jeden Hovi sei, Kenntnisse und Verhaltensweisen einem anderen jungen Hovi zu zeigen und zu vermitteln.

Möglich, dass ich das mit dem Arko manchmal etwas zu genau genommen habe. Aber typisch Hovi – schon der Kleine merkte sich alle Vorkommnisse bestens. Ich war mir sicher, dass ich deshalb in einigen Monaten auch so manche Niederlage einstecken würde, das Stärkeverhältnis verschob sich nämlich immer mehr zugunsten von Arko, dem jungen Hovi.

Ich sah dem Arko an, wie er diese Erlebnisse abspeicherte, wie er hinter meinem Rücken die Stirn in Falten legte und seine kleine „Rache“ schwor. Ich ließ ihm diese Befriedigung, wusste, dass sich auch bei ihm irgendwann die Weisheit von Mama einstellen würde.

Ich freute mich schon Tage zuvor auf jeden Besuch bei Arko. Abgesehen davon, dass ich mich sofort nach Eintritt in den schönen Garten auf die Suche nach den vergrabenen Knochen machte und diese dann mit Genuss verzehrte, hatte ich alles zur Verfügung. Egal, ob ich Schatten oder Sonne wollte, ob ich auf frisches Wasser oder Futter Lust hatte – alles war da!

Arko tat mir manchmal leid. Er saß mit seinen hängenden Ohren da und verfluchte mich wahrscheinlich leise in das letzte Eck, denn ich fand alles, was er mühevoll und listig vor mir verstecken wollte.

Meine Nase hatte die Gerüche seiner Schätze schnell erfasst, aber zuvor schaute ich nach ihm und sagte: *Mein Lieber, übe dich in Geduld, wenn ich mit Alpha wieder heimfahre, dann hast du deinen Garten wieder allein.*

Vielleicht war das für Arko eine Beruhigung, sicher aber eine Befriedigung.

Diese Besuche bei Arko hatten aber auch etwas Harmonisches und Lehrreiches. So erzählte er mir, dass seine Mama auch ihm so manches über die Menschen beibrachte. Etwas hatte er schon angewandt. Wenn er in der Nacht sein „Lackerl" machen musste, genügte ein leises Sumsen und sofort war Frauchen zur Stelle und ließ ihn in den Garten – egal wie kalt es auch war.

Das war auch für mich neu. Hatte Arko Hunger, so ging er in der Küche auf einen großen Schrank zu und wartete. Tat sich nichts, dann kam wieder ein langer Nasenlaut. Jetzt hatte auch sein Frauchen die Wünsche von Arko mitbekommen. In der Regel erhielt er dann immer etwas Leckeres.

Alpha, das muss ich auch bei dir probieren!

Die friedliche Koexistenz unserer Begegnungen änderte sich mit zunehmendem Alter. Meinerseits hätte das wirklich nicht so sein müssen, doch Arko trat mir gegenüber immer forscher und selbstbewusster auf. Kam jetzt langsam die schlummernde Wut aus der Vergangenheit zum Vorschein?

Ich merkte das sofort an den fehlenden Gerüchen im Garten. An den bekannten Plätzen waren keine Knochen mehr, kein Spielzeug.

Arko, du kleiner Hovi, bist du jetzt so weit? Sei mir wegen meiner ruppigen Erziehungsmethoden nicht böse, ich sehe, dass du einen sehr guten Platz in der Familie gefunden hast, dass du ein Frauchen hast, das dir ja fast alle Wünsche erfüllt.

Arko ging es so gut und er hatte so viel gelernt, dass ich ihm nichts mehr beibringen konnte. So blieb uns nur mehr eine eher kühle Begrüßung mit entsprechender Distanz, manchmal auch ein revierbetontes Knurren, nicht auf Raufhandel aus, eher als Warnung gedacht – *sei vorsichtig, das gehört mir.*

Arko wurde in sehr kurzer Zeit ein selbstbewusster, kräftiger, junger Hovi. Natürlich fehlte ihm in so vielen Dingen noch die Erfahrung, die musste er sich selbst erarbeiten. Er war auf alle Fälle der große Liebling der gesamten Familie. Auch mein Alpha begrüßte ihn überschwänglich – für meine Gefühle eigentlich ein bisschen zu erfreut.

Arko fehlte ein bisschen die strenge und konsequente Erziehung. Vielleicht lag es an den vielen „Quietsch- und Sopran-Ausbildungsstunden", die er als junger Hunde mitmachen musste. Mir schien es oft so, als mochte er das viele Drumherum nicht sehr. Trotzdem war er aber seinem Frauchen zuliebe immer mit Freude dabei.

Arko erzählte mir zum Beispiel, dass sein Frauchen manchmal an seiner ungestümen Kraft verzweifele. Er wiederum würde so gerne mit anderen Hunden um die Wette laufen, vielleicht auch einmal einen Scheinkampf mit einem „Besiegten" erleben. Oder wie schön es wäre, einfach lange Spaziergänge ohne Leine über die Wiesen zu machen.

Überaus traurig war er auch manchmal, weil er meinte, dass ihn diesbezüglich niemand verstehe, er aber wegen seiner Kraft und seines stürmischen Benehmens eine Gefahr für fremde Leute darstelle.

Er gab aber seine Lebensfreude nicht auf, er hoffte auf sein kräftiges Herrchen.

Es kam, wie es eben kommen musste. Ich war mit Alpha zu Besuch und schon beim Eingang zum Garten kam Arko ziemlich aggressiv zum Zaun. Er benahm sich wie ein Super-Macho, seine Rute stand aufwärts und er stolzierte mit erhobenem Kopf durch den Garten. Dann schnaubte er wieder wie ein Stier. So hatte ich ihn noch nie erlebt.

Ihm jetzt im Garten zu begegnen, wäre tatsächlich nicht ratsam gewesen. Es war fast nicht zu glauben. Ich sah mir diese Aufführung aus dem sicheren Auto durchs Fenster an.

Hin und her tobte er, offensichtlich wollte er keinesfalls andere Leute in „seinem" Garten dulden. Seinem Frauchen gelang es aber, ihn wieder nach wenigen Minuten auf ein vernünftiges Niveau zu holen.

Als er aber sah, dass jetzt ich aus dem Auto sprang, war die kleine Hölle los. Er sauste zur Gartentür und gab mir zu verstehen, das sei sein Garten, ich solle tunlichst verschwinden.

Alpha verstand diese aufgeregte Hovi-Sprache von Arko überhaupt nicht. Er wurde wegen dieses Benehmens ungehalten und wies ihn in die Schranken. Für einen Moment kehrte Ruhe ein.

Doch alle Zeichen standen auf Warnung. Ich gab Arko zu verstehen, er solle doch diese Verhaltensweise lassen. Aber nein, ganz im Gegenteil, seine Bewegungen wurden steifer und angriffslustiger. *Bleib draußen aus meinem Garten*, meinte er, *und übrigens, waren das immer meine Knochen und Goodies, und du trinkst aus meiner Wasserschüssel.* Nein, das durfte ich nicht dulden. Diesen Erziehungsprozess musste er durchstehen, der liebe Arko, so führte man sich einfach nicht auf.

Ich spürte irgendwie eine bevorstehende Entscheidung, sie stand vor bzw. hinter der Gartentür, es knisterte vor Anspannung.

Jetzt hatte auch ich genug. Ganz langsam stapfte ich durch die Gartentür in den Garten zu Arko und wir standen uns quasi von Nase zu Nase gegenüber. Keiner machte eine Bewegung, kein Muskel zuckte. Aus den Augenwinkeln sah ich auf der einen Seite Alpha angespannt dastehen, auf der anderen Seite das Frauchen von Arko. Beide verhielten sich ruhig, sie wollten vorerst in die zum Zerreißen gespannte Situation nicht eingreifen.

Wer machte den ersten Schritt zur unvermeidbaren Auseinandersetzung? Viele stumme Signale wanderten zwischen uns hin und her. *Es war schon so, dass ich dir deine versteckten Kaukno-chen ausgrub und so manches mehr, aber es war auch richtig, dass ich dir bei deinem ungebührlichen Aufbegehren eine Lektion erteilte.*

Alpha und das Frauchen von Arko redeten beruhigend bis warnend auf uns ein. Plötzlich ging es einfach los. Wir stiegen wie Bären in die Höhe und versuchten, einander durch gezielte Hiebe mit den Pfoten zu schwächen. Aus tiefen Kehlen kamen Knurrlaute, wir zeigten uns gegenseitig das gefährliche Gebiss und mit unseren starken Vorderpfoten versuchten wir, den Kontrahenten aus dem Gleichgewicht zu bringen. Eigentlich hatten wir von Anfang an nur ein Kräftemessen vorgehabt, es war nie Absicht gewesen, uns zu verletzen oder zu beißen.

Es war vielmehr eine Demonstration der Stärke. Ja, zugegeben, Arko hatte leichte Vorteile, eben seinen Heimvorteil und seine Jugend.

Wir hatten aber beide nicht mit den Menschen gerechnet. Mit starken Händen wurden wir zurückgenommen und in die Schranken gewiesen.

Eine Schimpfkanonade mussten wir über uns ergehen lassen. Arko wäre in diesem Moment am liebsten in einem Erdloch versunken. Ich war schon gefestigter, ich nahm es einfach hin. Alpha wusste schon, wie ich darüber dachte.

Ab dieser Zeit durften wir nie mehr zusammen sein und wurden bei Besuchen immer getrennt. Wir hatten uns eigentlich damit selbst bestraft, wir mussten die Suppe auslöffeln!

Diesem unerfreulichen Erlebnis stand ein ganz anderes Abenteuer gegenüber. In der Nachbarschaft gab es natürlich mehrere Katzen. Wir Hunde konnten nichts dafür, es lag wirklich in unserer Natur, große Freundschaften mit Katzen waren so selten, dass es sie eigentlich nicht wirklich gab. Und trotzdem muss ich euch von Cäsar, dem getigerten Kater von nebenan, erzählen, mit dem mich eine ungewöhnliche Freundschaft verband, die viele Jahre andauerte.

Immer wieder sahen wir uns, wenn ich mit Alpha ausging. Alpha hatte mich bei solchen Begegnungen immer unter Kontrolle, doch die Verlockung, einen Seitensprung zu machen, war enorm. Grundsätzlich wollte ich ihm ja nichts anhaben, aber schon die Andeutung, ihn zu jagen, hätte mich sehr stolz gemacht.

Einfach zur Sicherheit. Ich hätte mit einer Verwundung dieser Katzen-Provokation unterliegen können, das war mir schon klar. Aber die Frechheit dieser Katze, einfach ruhig liegen zu bleiben, während ich mit Alpha nur wenige Meter entfernt an ihr vorbeigehen musste, war mir dann doch zu viel an Herausforderung.

Von früher wusste ich aber, dieser Kater floh nicht, schon gar nicht wegen eines Hundes. Drohte eine Gefahr, so stellte er seinen Schwanz steil in die Höhe, machte einen Katzenbuckel, zeigte seine Reißzähne und fauchte derart, dass auch ein tapferer Hovawart den Kater lieber übersah und sich einer anderen Beschäftigung widmete. Wo war da eine Katze?

Meine liebenswerte Seele sagte mir jedoch, dieser Kater namens Cäsar hatte durchaus auch verträgliche Ansätze gezeigt, nie war er als Erster böse gewesen, er hatte immer nur aus der Verteidigung heraus gehandelt.

Eines Tages sonnte sich Cäsar auf dem Pflasterweg zum Nachbar. Mit nur einem Auge beobachtete er aber ganz genau meine Bewegungen. Nun, mit diesem Wissen legte auch ich mich nieder, schaltete aber meine beiden Augen auf Aufmerksamkeit und verhielt mich ruhig. Mein lieber Cäsar, das war eine ziemliche Geduldsprobe, du mochtest das ja gewohnt sein, aber mir schliefen alle vier Beine ein.

Unsere Distanz zueinander betrug vielleicht drei Meter, jeder von uns hätte also genug Zeit gehabt, die Flucht zu ergreifen. Aber das wollten wir beide nicht. Neugier und Mut spornte unsere Wachsamkeit an.

Was sollte das werden, fragte ich mich. Ähnlich musste es auch Cäsar ergehen. Unmerklich und so langsam, dass ich es fast nicht sah, schob Cäsar seine Pfoten nach vorn in meine Richtung.

Ich rührte mich nicht, tat so, als ob ich es nicht sähe, doch interessant fand ich das schon. Was wollte Cäsar damit erreichen?

Eine ungewollte Störung der Nachbarin aus dem ersten Stock beendete unser Spiel abrupt.

Am nächsten Tag war Cäsar nicht da. Ich versuchte natürlich, Alpha etwas zu verlangsamen, aber es nutzte nichts, er kam nicht. Erst am späten Nachmittag sah ich ihn auf dem gewohnten Platz. Lang ausgestreckt lag er in der Sonne, seine listigen Augen suchten vor allem den Bereich bei der Haustür ab. Er wartete auf mich!

Ich stand jetzt natürlich vor der Aufgabe, Alpha zu überzeugen, dass es besser sei, unseren vorgezogenen Spaziergang gleich anzutreten. Insgeheim wollte ich meine Bekanntschaft mit Cäsar intensivieren. Alpha hatte mich gleich durchschaut, aber er sah großzügig darüber hinweg.

Kaum waren wir aus dem Haus, gab Cäsar mir zu erkennen, dass er wach sei und auf mich warte. Langsam ging ich in seine Richtung. Noch trennten uns vielleicht zwei Meter, da legte auch ich mich nieder. Neuerlich begann das unnötige Wartespiel. Als Hovi verachtete ich diese Vorgehensweise, der Kater war es gewohnt. Ein Blick zu Alpha ergab: „Alles in Ordnung, beschäftige dich mit Cäsar, ich sitze dort drüben auf einer Bank und lese ein Buch!“

Diesmal waren wir uns einig, wir hatten nicht die Absicht, uns gegenseitig zu bekriegen. Deshalb war auch die beiderseitige Annäherung viel entspannter. Cäsar hob seine weichen

Samtpfoten und schob sich kriechend ziemlich weit in meine Richtung.

Da wollte ich kein Spielverderber sein. Meine großen Pfoten hatten natürlich nicht diese Anmut beim Kriechen, ich würde diese Bewegung eher einer militärischen Vorwärtsbewegung gleichsetzen. Egal, unser beider Ziel war ziemlich eindeutig. Wir wollten uns kennenlernen und damit allen Nachbarn zeigen, dass dies zwar ungewöhnlich, aber durchaus möglich war.

Es dauerte noch einige Wochen, bis Cäsar und ich ruhig und entspannt – jetzt nur mehr einige Handbreit voneinander entfernt – im Gras lagen und auf die Reaktionen des anderen warteten. Ich konnte mich nur auf die äußeren Zeichen der Katze verlassen, allein der pendelnde Schwanz irritierte mich.

In unseren Bemühungen trat vorübergehend eine Pause ein. Wenn ich mir Cäsar so vorstellte, so schien mir, als ob er durchaus bereit wäre, auch den letzten Schritt zu gehen. Ich wollte aber schon noch etwas warten und vorsichtig sein. Ich stellte mir seine messerscharfen Krallen vor. Wenn der Kater diese beim Kampf ausfahren würde, hätte ich arge Probleme.

Nach einigen Tagen wurde bei unserer Begegnung der Abstand wieder einmal geringer.

Ich freute mich unbändig, als Cäsar ganz langsam nach Katzenart Zentimeter für Zentimeter auf mich zu kroch und auch ich, zwar nicht so elegant, aber immerhin gut sichtbar, in Richtung Cäsar robbte.

Ich werde den Augenblick der Wahrheit nie vergessen. Wir lagen uns mit geringem Abstand gegenüber, berührten uns auch kurz mit der Nase. Cäsar und ich standen wie auf Kommando auf, er schmiegte sich an meine Füße und legte sich dann auf den Rücken – ein Ausdruck von absolutem Vertrauen, gab er doch damit seine verwundbarste Stelle preis. Als Dank dafür leckte ich ihm den Rücken und er ließ es geschehen. Cäsar schmiegte sich wiederum ganz eng an meine Beine, dabei schnurrte er genüsslich, was ja bei der Katze ein

Ausdruck von Zufriedenheit und Behagen sein soll. Da musste ich umdenken!

Dies war für uns der Beginn einer ungewöhnlichen Freundschaft. Wir freuten uns schon immer auf unsere spontanen Treffen und unsere Rituale bei der Begrüßung behielten wir immer bei.

Alle anderen Katzen in der Nachbarschaft beneideten Cäsar um diese Freundschaft mit dem großen Hovawart. Ich fühlte mich, allein schon wegen des immensen Größenunterschiedes, als sein Beschützer. Auch die Menschen äußerten sich überrascht bis gerührt, wenn sie uns bei schönem Wetter immer in der Wiese liegen sahen.

Noch viele gemeinsame Erlebnisse weiteten meinen Horizont und meine Erfahrungen. Sehr oft war es mir vergönnt, Fragen und Probleme anderer Hunde zu beantworten. Nicht umsonst nannte man mich weithin den Professor. Ich war bekannt für Gerechtigkeit und musste so manches Mal ausgleichend wirken.

Und wenn die Kinder voller Staunen mit mir zusammen waren und meinen Namen wissen wollten, dann bellte ich zweimal *wau, wau!*

Übrigens, alle Kinder rannten schon von Weitem zu mir. Sie wollten mich berühren, mit mir reden und immer wieder musste ich meine Kenntnisse vorführen. Die Eltern der Kinder vertrauten mir absolut und ich hatte vielfach das Gefühl, dass sie sogar erwarteten, dass ich auf ihre Sprösslinge aufpasste.

– Ein Retriever namens Aaron –

Schon sehr bald nach meiner Schule und den Begleithundekursen lernte ich bei unseren Spaziergängen einen Retriever kennen. Mein Alpha und ich gingen wie so oft unseren Pferdeeisenbahn-Rundweg. Dieser Spazierweg war ideal zum freien Laufen. Die Besitzer der Wiesen sahen es zwar nicht gern, wenn die Hunde ihr Geschäft in der Wiese erledigten, doch mein Alpha hatte, wie eben ein ordentlicher Hundeführer, die für solche Zwecke bestimmten grünen Säckchen mit dabei.

Keine Autos, hier und da begegneten uns ein Radfahrer oder Jogger. Es war interessant, dass diese zwei Kategorien von Sportlern anfangs sehr ängstlich agierten. Sie hatten auch Alpha gefragt: „Tut der Hund eh nix?“ Erst nach Bestätigung dieser komischen Frage hatte mein Alpha Entwarnung gegeben. Ich sah mir dann die entspannten Gesichter an. Warum hatten diese zum Teil sehr stattlichen Männer Angst? Warum konnten diese Leute nicht mit einem frei laufenden Hund umgehen? Oder sah ich so grimmig aus mit meinem schwarzmarkigen Pelz?

Es war schon richtig, auf Schildern stand, dass Hunde an die Leine zu nehmen wären. Alpha hatte mich aber von jeher immer frei laufen lassen, ausgenommen natürlich in der Stadt. Niemals hatte ich irgendwelche Radfahrer oder sonstige Leute belästigt, außer Kinder kamen daher. Da musste ich hinlaufen. Alpha belehrte mich aber, dass es für die Kinder beruhigender sei, wenn ich gehen würde. Ich tat das also auch und bis auf ganz wenige Fälle, wo Kinder nach der Mutter riefen, reagierten die jungen Freunde erfreut.

Alpha beobachtete mit seinem Weitblick mögliche Interessenkonflikte. War so etwas in Anmarsch, rief er mich rechtzeitig zu sich.

Bei solch einem aufbauenden Spaziergang sah ich einmal bereits in der Entfernung eine Frau mit einem blonden Hund in unsere Richtung gehen. Anfangs konnte ich den Hund gar nicht identifizieren, sosehr ich auch meine geruchsempfindliche Nase ausrichtete. Der Wind stand ungünstig und so musste ich warten, bis die beiden näher kamen.

Als ich neugierig und abwartend wie eine Statue auf dem Weg stand, holte mich Alpha zur Vorsicht zu sich.

Die Frau und der Blonde kamen direkt auf uns zu. Nur hatte dieser statt einer Leine ein ziemlich robustes Brustgeschirr und oben auf dem Rücken einen massiven Haltebügel.

Als ich das erkannte, sah ich sofort zu Alpha. In meinen Augen bemerkte er meine Frage, gab aber Entwarnung, obwohl er diesen Hund nicht kannte.

Da steckt was dahinter, Alpha, was verheimlichst du mir?

Jetzt sah ich erst, dass sich die Frau an diesem Haltebügel festhielt. Sie machte auch irgendwie unsichere Schritte auf diesem Wiesenweg. Der Hund wiederum wich allen Unebenheiten aus und führte sein Frauchen, nachdem er sich vergewissert hatte, dass kein Zug kam, sicher über die Gleise.

Ich beobachtete auch, dass der Hund keine Anstalten machte, wegen mir schneller zu gehen, nein, er konzentrierte sich ganz und gar auf sein Frauchen, die fast unhörbar mit ihm sprach.

Endlich sagte mir Alpha, worum es sich da handelte. Aufmerksam hörte ich ihm zu und je mehr ich über die Leiden dieser Frau hörte, über die Erschwernisse im täglichen Leben und über die absolute Dunkelheit, die sie ertrug, umso höher stieg mein Respekt vor diesem Hund. Jetzt war mir natürlich einiges klar.

Ich war unsicher, wie ich mich nun dem Hund und der Frau gegenüber verhalten sollte. Meinen unsicheren Blick beantwortete Alpha ganz natürlich mit seinen Erklärungen, und was den Hund anbelangte, sagte er einfach nur: „Sei sanft und animiere ihn nicht zum Spielen."

Mein Verhalten wurde nach diesen Informationen sofort defensiv. Ich entschied, dass sich zuerst die Menschen absprechen sollten, das Weitere würde sich zeigen.

Alpha grüßte die blinde Frau und ich sah, wie sie sofort ihren Kopf in Alphas Richtung drehte und den Gruß erwiderte. Es entstand eine freundliche Konversation. Alpha erwähnte in seinen nächsten Sätzen, dass sein Freund Canis, ein Hovawart, ebenfalls anwesend sei.

Endlich! Die Frau fragte meinen Alpha, ob sie ihren Hund – sie nannte ihn Aaron – von der Leine nehmen dürfe. *Alpha, sag bitte Ja, ich werde mich mit Aaron auch nicht entfernen!*

Die Augen von Aaron blitzten freudig in meine Richtung, trotzdem, wir näherten uns zunächst nur sehr vorsichtig und beschnupperten uns nach typischer Hundemanier.

Menschen, womöglich noch hundeunerfahren, hätten sicher angenommen, dass das eine Vorstufe zu einer Rauferei sei.

Wir gaben bei dieser Art des Kennenlernens keinen Laut von uns. Eines stand jedoch von Anfang an fest, wir verstanden uns, die Chemie passte hervorragend.

Unsere Menschen ahnten nicht, welche Flut an Informationen wir voneinander erhielten und das, ohne ein Wort zu sagen. So zum Beispiel hatten wir gleich unser Alter entdeckt, danach beschnupperten wir uns, ob wir männlich oder weiblich wären, auch die soziale Herkunft war für uns von Bedeutung, welche Stellung nahmen wir im Haushalt ein und welche Aufgaben hatten wir als Verantwortungsbereich. Letztendlich war natürlich auch wichtig, welchen Rufnamen wir hatten.

Eine so riesige Informationsflut zu erhalten, war für uns kein Problem, schließlich hatten wir schon ein entsprechendes Alter und vor allem auch eine gute Ausbildung. Tatsache war, dass wir uns von Beginn an bestens verstanden, das merkten auch Alpha und das Frauchen des Retriever.

Wir durften also ohne Leine eine große Wiese für uns allein in Besitz nehmen. Diese Wiese war frisch gemäht, unser Spieltrieb erhöhte sich dadurch beträchtlich.

Ich merkte Aaron an, dass er nur laufen wollte. Mir war es einerlei, also rauf die Wiese bis zum Zaun, dann umkehren – wer war zuerst bei den beiden Menschen?

Die Frau und mein Alpha unterhielten sich sehr angeregt. Ach, wer weiß, was die beiden so alles beredeten? Ich beobachtete die blinde Frau. Sie horchte immer in Richtung Aaron und fragte auch Alpha manchmal, ob alles mit den Hunden in Ordnung sei.

Aaron – zum ersten Mal hatte ich seinen Namen ausgesprochen – *Aaron, hast du Lust auf einen Wettkampf? Canis, klar, ich denke aber, dass du mich nicht einholst!*

Noch mit keinem anderen Hund war so schnell eine solche Freundschaft entstanden. Natürlich gewann ich beim Wettlauf, beim anschließenden Ringen war aber Aaron besser. Diese beiden unentschiedenen Runden hatten uns viel Kraft abverlangt. Am oberen Rand der Wiese stand ein großer Birnenbaum, in dessen Schatten wir uns erholen wollten.

Da lagen wir also, fast Kopf an Kopf, und versuchten zuerst einmal, wieder eine gleichmäßige Atmung zu bekommen.

Ich musste von Aaron unbedingt erfahren, wie er zu seinem Frauchen kam, vor allem aber wollte ich über seine Ausbildung ganz genaue Informationen haben.

So erzählte mir Aaron, dass er schon als kleines Kind von seiner Mama immer mit dem Suchen der anderen Welpen beauftragt worden sei. *Vorsichtig zeigte ich dann den Geschwistern den Weg und warnte immer rechtzeitig vor alltäglichen Gefahren.*

Das hatten damals sicherlich auch die Menschen entdeckt und meldeten mich zu einem besonderen Kurs in einer Spezialschule an. Eigentlich vermisste ich die freie Jugend, wie du sie erfahren hast, in der Schule durften wir nur an ganz wenigen Tagen spielen und herumtollen.

Sehr, sehr lange musste ich immer wieder diese Leistungskurse machen. Als ich dann in allen Unterrichtsgegenständen mit guten Noten abschloss, war ich fast schon drei Jahre alt.

Ich hatte sozusagen keine Eltern mehr, mein Zuhause war das Internat. Von dort kam ich dann zu einem Lehrgang, um mich an blinde Leute zu gewöhnen und mit diesen zu arbeiten. Denn nicht jeder Blindenhund harmoniert mit allen Menschen gleich gut. Bei solch einem Kurs war auch mein zukünftiges Frauchen als Schülerin.

In einer der vielen Stunden gingen Frauchen und ich alle Hindernisse ohne Fehler ab, keine Unsicherheiten zwischen meinem Frauchen und mir waren zu erkennen. Die Ausbilder stellten uns Höchstnoten bei der Beurteilung aus. Dies waren dann letztendlich auch die Gründe, warum ich meinem Frauchen zugeteilt wurde.

Du siehst, mein lieber Canis, in der Beziehung hattest du es besser, du hast dir Alpha selbst ausgesucht.

Ich bin jetzt schon einige Monate bei Frauchen. Anfangs war es schon sehr schwierig, ich musste die Spazierwege, die Straßen in die Stadt und die einzelnen Geschäfte kennenlernen, aber bis jetzt ist mein Frauchen mit mir hoch zufrieden.

Die größten Schwierigkeiten bereiteten mir die vielen Fußgängerübergänge und die Verkehrsampeln, die nicht immer mit einem Akustikton ausgerüstet sind. Bei den übrigen orientierte ich mich an den anderen Fußgängern.

Ebenso hatte ich große Probleme mit fremden Hunden. Sie konnten nichts dafür, sie waren einfach mit der fremden Situation überfordert oder vermuteten bei mir Überheblichkeit. Es dauerte oftmals lange und bedurfte intensiver Erläuterungen, bis einige das halbwegs kapiert hatten.

Jetzt verstehst du vielleicht, Canis, dass ich anfänglich langsam und vorsichtig auf dich zukam, ich musste einfach alle Eventualitäten ausloten. Verzeih mir, jetzt weiß ich aber sicher, dass du in Ordnung bist.

Nach allen diesen Erklärungen verstand ich auch, warum seine Ausbildung so lange gedauert hatte. Da hatte ich es bei Weitem nicht so schwer gehabt. Aaron hörte sich meinen Lebensweg an, fand diesen wiederum viel spannender. So fanden wir viele Gemeinsamkeiten. Die Zeit lief uns zu schnell davon, nie wurde es uns langweilig.

Zum Glück hatten wir verständnisvolle Menschen, die uns aber schließlich nach geraumer Zeit zu sich riefen. Wir erhielten beide großes Lob wegen unserer sittsamen Verhaltensweise, dazu gehörte für jeden auch eine schmackhafte Belohnung.

Aaron und sein Frauchen mussten nach Hause, Alpha und ich machten noch unsere Runde zu Ende.

Ab diesem Zeitpunkt trafen wir uns fast täglich morgens bei unserem Frühspaziergang. Schon von Weitem begrüßten wir uns schwanzwedelnd und mit einem kurzen Gebell. Die Freude von Aaron verstand sein Frauchen, er durfte frei laufen, Alpha hatte mich schon eher von der Leine befreit. Wir sausten also zueinander und es sah fast wie ein Zusammenstoß aus. Doch Aaron und ich stiegen im letzten Moment in die Höhe, umklammerten uns mit den entsprechenden Begrüßungslauten – für außenstehende Menschen hörte sich das natürlich furchtbar an – und versuchten, den anderen umzuwerfen.

Wir hörten auch so manchen Vergleich mit wilden Bären, wobei das ja bei uns nicht stimmen konnte, denn seit wann konnten Bären bellen? Ach, es gab schon komische Menschen. *Aaron, seien wir glücklich, dass du dein Frauchen hast und ich meinen Alpha.*

Dieses Ritual der Begrüßung hielt noch lange an, es vermittelte uns nicht nur die Freude des Wiedersehens, sondern zeigte auch unsere Gesundheit und die Lust auf Bewegung.

Die beiden Menschen setzten in uns großes Vertrauen und wir haben dieses nie missbraucht. Auch Aarons Frauchen wurde in der Zeit unseres Tobens viel ruhiger und fragte bei Alpha nicht mehr nach, ob denn wirklich alles in Ordnung sei.

Leider konnten Aaron und ich nie einen längeren Spaziergang machen. Aarons Frauchen konnte sich ohne menschliche Begleitung nur in einem eingeschränkten Umkreis bewegen. Auf dem Wege in die Stadt und in der Stadt selbst durfte Aaron mit keinem anderen Hund reden. Das hatte ich von Aaron erfahren. Das belastete ihn auch schwer, aber seine Liebe zum Frauchen war größer und so verdrängte er dieses Manko.

Wenn ich meine Freiheiten, die mir Alpha Schritt für Schritt ermöglicht hatte, damit verglich, so beneidete ich Aaron keinesfalls. Ganz im Gegenteil, irgendwie tat er mir leid. So durfte ich mit Alpha so viele Autotouren erleben und bekam dadurch enorm viele verschiedene Eindrücke. Wir waren zum Beispiel dreimal in Hamburg, auch an der Ostsee, mehrmals in Wien und so weiter, da hatte ich als Städtetourist fast schon Routine.

Andererseits entwickelte Aaron durch seine Verantwortung, einen blinden Menschen wieder sicher nach Hause zu bringen, ungeahnte Fähigkeiten, die ich immer bewunderte.

So hatten wir beide immer interessante Themen, egal zu welcher Situation. Zu unseren körperlichen Ertüchtigungen gehörten auch intellektuelle Herausforderungen.

Dass das nicht immer gut ankam, zeigte sich, wenn Aaron und ich zufällig auch mal andere Hunde trafen. Einige kurze Runden, aber dann war das Pulver verschossen. Die anderen Hunde interessierte unser Gespräch überhaupt nicht. Wir nahmen das zur Kenntnis und schnell war die große Runde wieder auf uns zwei reduziert.

Was hatten denn solche Hunde für Interessen außer Fressen, Schlafen und Spaziergehen?

Irgendwie war das schon traurig, so gerne hätten wir weitere Freunde in unserem Kreis gesehen. Ich war überzeugt, dass bei manchen Hunden nur ein bisschen mehr Verständnis erforderlich gewesen wäre, aber sie wollten einfach nicht.

Im Laufe der Jahre wurden wir natürlich ruhiger, die Begrüßungen voller Energie, das kraftvolle Balgen und die schnellen Läufe gehörten der Vergangenheit an. Wir versuchten, unseren Begegnungen eine neue Form zu geben. So zum Beispiel ließen wir uns mehr Zeit, gingen nebeneinander die „Schnüffelwege" ab, und wenn wir keine signifikanten neuen Spuren herausfanden, nahmen wir das eher gelassen zur Kenntnis.

Nicht so ideal waren die Wintermonate. Aarons Frauchen und auch dem Alpha war so schnell kalt, wir dagegen hätten mit unserem Pelz stundenlang im Schnee liegen können. Manchmal fragte mich Alpha, was wir uns eigentlich nach so langer Zeit immer noch zu erzählen hätten. *Ja, mein lieber Alpha, alles kann ich dir auch nicht sagen, das waren eben die typischen Hundegeschichten.*

Unsere Bewegungen wurden nach Jahren merklich langsamer, hin und wieder machte sich bei uns schon mal ein Knochen oder Gelenk bemerkbar. Na ja, man wurde halt nicht jünger! Auch die einstigen langen Gespräche waren kürzer und einsilbiger geworden. Hatten wir uns wirklich schon alles gesagt?

Ähnlich wie bei den Menschen wurden ganz neue Themen wichtig, so zum Beispiel: „Wie geht's dir heute? Na ja, morgen muss ich zum Doktor" oder „Was gibt es denn heute bei dir zu Mittag?" Dann wurden natürlich auch die unvermeidlichen kleinen Wehwehchen aufgezählt. Eine ganz neue Prioritätensetzung!

Ein immer aktuelles Thema für uns waren die beiden Erwachsenen. Wir entdeckten an ihnen ebenfalls die ins Land gegangenen Jahre, denn die Aussichtsbank, die einen wunderschönen Blick auf meinen See zuließ, wurde jetzt viel öfter beansprucht.

Trotzdem, die gemeinsamen Spaziergänge waren für uns wichtig, so konnten wir doch noch so manche Neuigkeit besprechen.

– Ein Pate mit Verantwortung –

War es ein Zufall oder von meinem Alpha absichtlich herbeigeführt? Es war also an meinem fünften Geburtstag. Schon früh am Vormittag bemerkte ich eine ungewöhnliche Hektik in der Wohnung. Einige Dinge wurden vorbereitet, Dinge, die ich nie zuvor gebraucht hatte. Also mussten diese für jemand anderen sein.

Von Alpha war ich zu solch besonderen Tagen eher lässiges Verhalten gewohnt. Trotzdem hatte er bisher immer vor unserem Ausgang in der Früh die Gelegenheit wahrgenommen und mir einige liebe Worte gesagt. Heute kam diesbezüglich nichts von ihm, hatte er es vergessen? Ich hoffte nicht, denn da wäre ich sehr enttäuscht gewesen von Alpha.

„Canis, schieße nicht über das Ziel hinaus, warte ab, nirgends steht geschrieben, dass das Herrchen bereits in der Früh gratulieren muss“, mit diesen Worten konnte ich mich zwar nicht endgültig abfinden, beschloss jedoch abzuwarten.

Das Frauchen und Alpha entwickelten in der Wohnung eine ziemliche Aktivität. So wurde noch aufgeräumt, auch meine Decke musste für kurze Zeit dem Staubsauger weichen. Einfach so entzog mir Frauchen meine Decke, ich musste mir einen anderen Liegeplatz suchen. Da ging doch etwas nicht mit rechten Dingen zu!

Dann wurden zwei große Handtücher, eine Schüssel, eine kleine Leine und ein Halsband in einem Korb verstaut. Ich ahnte, dass es um einen kleinen oder sehr jungen Hund ging.

Sollte womöglich ein weiterer Hovi ins Haus kommen? Warum sagte mir Alpha überhaupt nichts? Ich meine, dass da etwas vor sich ging, das sah doch ein Blinder. *Alpha, was machst du?*

Ich saß unbeteiligt in der Diele auf meiner Decke und beobachtete diese Vorbereitungen. Nachdem Alpha mich nicht von Anfang an mit einbezogen hatte, spielte ich jetzt den etwas Beleidigten, schaute desinteressiert umher, war innerlich jedoch ziemlich angespannt.

Ich war das von Alpha absolut nicht gewohnt, denn seit ich ihn kannte, war ich immer in alle Dinge involviert gewesen. Er hatte mir Vorgänge und Abläufe von möglichen Ereignissen erklärt und wir hatten einfach keinerlei Geheimnisse voreinander gehabt. Ich war komplett aus dem Häuschen!

Alpha sollte das auch merken! Mama hatte mir den Geheimtipp gegeben, aber gemeint, dass er nicht bei allen Menschen funktioniere.

Endlich die erlösenden Worte: „Canis, bist du fertig? Wir müssen langsam aufbrechen." Das versöhnte mich etwas. Aber jetzt nur nicht übergroße Freude zeigen, immerhin hatte Alpha mich bisher wenig beachtet!

Alpha und Frauchen saßen schon im Auto, ich im Laderaum des Kombi, da bemerkte Alpha, dass ich nicht bei der Sache war. „Canis, sei nicht ungehalten, ich habe dich an deinem Geburtstag etwas vernachlässigt. Ich mach's wieder gut, du wirst sehen, lass dich überraschen."

Mama, es hat gewirkt! Alpha hatte meine Gemütsstimmung mitbekommen, genau das wollte ich erreichen, Mamas Rat war wie immer weise und richtig. Jetzt durfte ich natürlich nicht den Fehler machen, alles, was vorgefallen war, zu vergessen und Alpha gegenüber nur Freude zu zeigen.

Ich hob den Kopf, meine Augen nahmen dabei wieder einen versöhnlichen Ausdruck an, aber ich deutete Alpha schon an, dass solch heimliche Vorbereitungen bei mir nur Unsicherheit auslösten und eigentlich nutzlos seien.

Alpha, lass bitte solche Spielchen künftig weg, das braucht es nicht. Sag mir einfach, worum es geht. Sollte ich es nicht verstehen, so frage ich dich sicher, das weißt du doch!

Alpha rollte endlich los. Auf der Bundesstraße war dichter Verkehr, bei solchen Fahrten hielt ich mich mit Fragen lieber zurück, Alpha war zu konzentriert.

Für mich war die Fahrt endlos lange, Kurve um Kurve, Kilometer für Kilometer spulten die beiden herunter. *Alpha, wohin fährst du wirklich?* Hier und da sah ich in seinen Augen eine gewisse Unsicherheit aufflackern. Hing das mit der Wahl der richtigen Straße zusammen? Alpha hatte offenbar die Orientierung in dieser einsamen Gegend verloren. Erst nachdem ein Mann des Weges kam und gefragt werden konnte, drehte Alpha um und nahm einen anderen Weg.

Endlich schien es, als ob wir das Ziel erreicht hätten, das Auto wurde langsamer. Alpha suchte ein bestimmtes Haus. Das musste es sein! *Da, Alpha, Hundegebell, sei still! Ich muss das genau hören!*

Ja, es waren auch unverständliche Laute von zwei jungen Hunden dabei. Die Menschen begrüßten sich, Alpha und Frauchen gingen mit in das Haus, und ich? *Alpha, zum Kuckuck, nicht schon wieder diese Ignoranz mir gegenüber! Was ist denn mit dir heute los?*

Ich wurde von Alpha in den Laderaum des Autos verbannt und das an meinem Geburtstag. *Alpha, da müssen wir noch ernsthaft darüber reden, so geht das ja wirklich nicht!*

Vom erhöhten Laderaum aus hatte ich sehr gute Sicht in den großen Garten, da tobte die wilde Jagd. Was mir auffiel, war eine kleine, schwarze Wollkugel, die aber enorm flink war. Ohne Ankündigung sprang sie plötzlich nach links oder rechts, dann wieder zurück zu den anderen. Was war das für eine Rakete! Was war das für ein Lebewesen?

Ein Hund konnte das unmöglich sein, mit dieser unglaublichen Geschwindigkeit könnte höchstens eine Maus unterwegs sein, aber auch das war unwahrscheinlich, eine Maus hatte kein wuscheliges Fell! Interessant, das war neu für mich.

Na endlich, ich durfte auch in den Garten. *Ich danke dir, Alpha, für deine Freundlichkeit!*

Es war wie die sprichwörtliche Ruhe vor dem Sturm. Die vorsichtige Neugier der wilden Horde machte sich in Form von langsamen Umkreisungen bemerkbar, die älteren Hunde beschnüffelten mich, die jungen Hunde, ohne Respekt vor dem „Alter“, wanderten zwischen meinen Beinen umher, als wären diese Brückenpfeiler. Und ich stand da, ruhig wie eine Statue, und ließ das alles über mich ergehen. Wo war ich da hineingeraten?

Meinte Alpha wirklich, dies wäre die versprochene Überraschung? *Alpha, war das dein Versprechen?*

Wenn doch diese ungezogene Horde nicht so laut gewesen wäre! Ich verstand von dem Gespräch zwischen den Menschen nur Bruchteile, aus der Entfernung glaubte ich aber zu entnehmen, dass es sich um den „schwarzen Blitz“ handelte. Es war doch ein Hund, zumindest roch er nach Hund, auch manche leisen Laute waren hundeähnlich.

Ich musste dieser Horde allen Ernstes zeigen, dass dieses Benehmen unangebracht war, deshalb rannte ich mit aller Geschwindigkeit mitten durch diese halbstarke Bande. Oje, das war vielleicht doch etwas zu viel. Sie jammerten und wehklagten, was das Zeug hielt, aber es kehrte Ruhe ein! Das war diese Horde nicht gewohnt.

Nun konnte ich dem Gespräch der Menschen folgen. Tatsächlich, Frauchen wollte die kleine „Schwarze“ mitnehmen. Scheu verkroch sich diese schwarze Kugel unter dem Tisch und versteckte sich in der letzten Ecke. Ich musste jetzt eingreifen! Es war doch unmöglich, diesen kleinen, jungen Hund so zu verschrecken.

Mit leisen und beruhigenden Worten nahm ich Kontakt auf und bemerkte, dass sich das Hundemädchen zusehends beruhigte und Vertrauen zu mir fasste. Langsam kam sie aus der Ecke hervor und drückte sich an meine Beine. Ich musste mich niederlegen, damit sie auch meine Körperwärme spürte, ich war für das winzige Knäuel zu riesig.

Die Erwachsenen unterhielten sich inzwischen bei Kaffee und Kuchen über die Herkunft des kleinen Hundemädchens.

Ich verstand nur so viel, als dass das kleine Hundemädchen von Bekannten aus dem Ausland mitgenommen worden war und jetzt auf Adoptiveltern wartete.

Sie tat mir unendlich leid, die Kleine. Ich fasste eine richtige Hovi-Entscheidung. Das kleine, hilfsbedürftige Hundemädchen musste mit uns fahren, ich würde das mit Alpha schon klären. So wie Frauchen über die Kleine sprach, wollte sie dieses Mädchen für sich haben.

Auch gut, ich würde sicherlich aufpassen, dass ihr nichts Böses geschah.

Die wilde Jagd hatte sich offenbar von meiner Zurechtweisung erholt, sie sausten an mir vorbei und die kleine freche, schwarze Kugel schloss sich diesen Rowdys an. Sie jagten durch den Garten in Richtung einer Strauchgruppe und ließen sich dort nieder.

Das musste ich mir genauer anschauen. Ich drängte die Kleine in eine andere Ecke des Gartens ab, sodass wir uns ein bisschen näher kennenlernen konnten. Sie schien ein nettes und umgängliches Mädchen zu sein.

Sollte die Kleine wirklich mit uns kommen können, dann sah ich schon jede Menge an Erziehungsarbeit auf mich zukommen. Den Menschen konnte man wirklich nicht alles überlassen!

Alpha, du lieber Schlingel, jetzt erkenne ich die Überraschung schon besser, das alles wusstest du sicherlich schon zu Hause, oder?

So um die Nachmittagszeit war es dann so weit und ich hatte tatsächlich Gewissheit – Frauchen wollte jetzt den kleinen Hund auch. Er saß schon auf ihrem Schoß, das konnte ja lustig werden. Da musste ich höllisch aufpassen, dass ich ja keinen Fehltritt machte, ein solcher könnte für die Kleine ganz schlimme gesundheitliche Folgen nach sich ziehen.

Ich hatte schon seit einiger Zeit gedacht, dass ich es mir in so manchen Dingen eigentlich etwas gemütlicher machen könnte. Aber nein, da kam diese kleine „Wuschelmaus“, die mir sicherlich verantwortungsvolle Erziehungsarbeit bescheren würde, das roch ich jetzt schon! Daneben musste ich sicher auch aufpassen, dass sie nicht weglief. Das hieß für mich Arbeit, Arbeit und nochmals Arbeit.

Wieder hätte ich nun meine Mama gebraucht, die hätte bestimmt einen guten Rat für mich gehabt.

Sei glücklich, lieber Sohn, dass du jetzt die einmalige Gelegenheit bekommst, einem kleinen Hundemädchen wertvolle Weisheiten mit auf den Weg zu geben. Sie wird dir das immer danken. So oder ähnlich hätte Mama zu mir gesprochen.

Ich nahm mir also fest vor, dieses Hundemädchen unter meine Fittiche zu nehmen. Vor allem nahm ich an, dass sie am häufigsten Schutz benötigte. Warum? Dieses Mädchen, so klein und quirlig es auch sein mochte, hätte gegen größere Hunde keine Chance.

„Mira! Mira!", hörte ich aus dem Garten. Also diesen Namen hatte Frauchen dem Mädchen gegeben. Recht lieb, den konnte auch ich mir leicht merken.

Die nächsten Tage waren ausgefüllt mit vorsichtigem Spielen. Dazwischen schlief sie einige Minuten zwischen meinen Beinen, zuckte und träumte. Wie ich mich da doch selbst an meine Kindertage erinnerte!

Hier und da musste ich bei so manchen Gelegenheiten sanft einschreiten, ich wollte Mira doch eine nachhaltige Junghundeerziehung zukommen lassen. Da ging es manchmal nicht ganz ohne einen sanften Biss oder einer sanften Berührung mit meiner Pfote ab.

Mira und ich wurden zwei dicke Freunde. Sehr oft konnten wir gemeinsam im Laderaum des Autos ein neues Ziel ansteuern. Viele Menschen, die uns sahen, zeigten ganz offen ihr Erstaunen, dass sich zwei so verschiedene Hunde so gut verstanden. Mira war oft vorlaut. So genoss sie es, dass bei Gefahr ihr großer und starker Freund zur Seite stand.

Es war an einem wunderschönen Tag. Alpha und Frauchen – und somit auch Mira und ich – vereinbarten einen längeren Ausflug. Zunächst fuhren wir auf einer breiten Straße. Da ging es ziemlich flott vorwärts, ohne merkliche Kurven. Aber dann bog Alpha auf eine Bergstraße ein. Das merkten wir zwei hinten im Laderaum. Mira war aber schon sehr geschickt, sie hatte sich bereits von mir abgesehen, wie man bei kurvigen Fahrten geschickt das Gewicht von einer Seite auf die andere verlegte. Immer höher ging es hinauf bis zu einem Parkplatz. Am Ende war eine Schranke, die jedes Auto an der Weiterfahrt hinderte.

Mira und ich konnten es schon nicht mehr erwarten. Ein riesiges Hochplateau, so weit das Auge blicken konnte, lauter Wiesen mit niederen und dann wieder hohen Hügeln, am Horizont die hohen Berge.

In diesem Paradies wollten wir zu einer Berghütte aufbrechen. Gleich zu Beginn war mit Mira ein Wettlauf angesagt, obwohl Alpha uns von dieser Kräftevergeudung abhalten wollte. *Komm, Mira, es muss sein, unsere Knochen sind von der langen Autofahrt steif, sie brauchen eine Auffrischung.*

Alpha hatte uns gewarnt, wir nahmen das aber nicht so ernst. Wie dringend hätten wir in den nächsten Minuten nun unsere ganze Kraft für einen ausdauernden, schnellen Lauf gebraucht. Mira und ich wanderten, unsere Nasen waren auf den Boden gerichtet. Viele uns unbekannte Düfte erreichten uns.

Manchmal hoben wir den Kopf, um mögliche Hindernisse frühzeitig zu erkennen, wir sahen aber nur die ansteigenden Wiesen und nicht jenen Teil, der hinter der Kuppe lag. Mira konnte ich keinen Vorwurf machen, dafür war sie noch viel zu unerfahren, aber ich hätte es zumindest ahnen müssen, denn der eigenartige und scharfe Geruch wurde immer stärker.

Kopf hoch und nach vorne schauen, war jetzt die Devise, alles andere war nachrangig. Mira merkte meine angespannte Körperhaltung, sie suchte meine Nähe. Noch immer sah ich keine Gefahr, der Geruch wurde aber jetzt für mich unerträglich. *Mira, bleib mal stehen, ich sehe mich genau um!*

Ich hatte gerade noch einmal diese grässliche Duftprobe gemacht, da hörte ich das Schnauben von mehreren Rindern. Ganz vorn jedoch tat sich eine echte Gefahr auf. Ein aggressiver Stier hatte mich ausgemacht, seine großen Augen fixierten mich ganz eindeutig, kurzum, er wollte mich auf seine niedlichen Hörner nehmen. Jetzt hieß es, eine sofortige Entscheidung zu treffen. Mira musste sich zuerst in Sicherheit bringen. Ich dachte schon, dass ich mit meiner Geschwindigkeit diesen Stier abhängen konnte, aber Mira?

Mira, lauf so schnell du kannst zu den beiden kleinen Felsen und verstecke dich dort. Ich lenke diesen wütenden Stier ab und hole dich dann. Bleib ruhig und vertrau mir.

Mira lief tatsächlich wie eine Rakete zu diesen Felsen und wurde unsichtbar. Gut, mein lieber Stier, jetzt zu uns. Ich musste ihn auf alle Fälle von Mira ablenken, daher ging ich ihm einige Meter entgegen. Das verstärkte sein Verlangen, mich aufzuspießen.

Es begann seinen Angriff mit gesenktem Haupt. Die Zunge hing ihm heraus, auch seine Augen traten eigenartig hervor, mit den beiden stämmigen Vorderfüßen scharrte er das Gras beiseite. Musste der wütend sein!

Alpha beobachtete von Weitem unser Schauspiel. Er sagte mir später, dass er zu keinem Zeitpunkt Angst um mich verspürt hätte. Frauchen allerdings war schon sehr aus der Fassung – sie sah ihre Mira nicht.

Das Ende dieses Abenteuers war ganz einfach. Der Stier wurde nach einer Weile des Rennens immer friedlicher. Fast fröhlich rief er seine Kühe zu sich, die dann zusammen mit ihrem Häuptling ruhig und genüsslich grasten.

Mira, die neugierige kleine Rakete, hielt es im Versteck nicht lange aus. Sie kletterte auf einen dieser großen Steine und konnte so den Angriff, den Dauerlauf und dann das glückliche Ende bestens verfolgen. Für Mira war ich ein Held. Meine Hoffnung war, dass ich mit Alpha wegen meines großen Vorsprungs keine Probleme bekam.

– Hundedoktor –

Es lag in unserem Wesen, wir mussten neugierig sein. Alpha und ich fuhren in eine Stadt, in der ich noch nie gewesen war. Vor einem großen, weißen Flachbau parkte Alpha sein Auto, ich durfte herausspringen und in der nahe liegenden Wiese mein Bedürfnis stillen. Schwache Gerüche kamen auf mich zu. Alle Duftmarken verschwammen ineinander, obwohl ich wirklich eine gute Nase hatte, eine konkrete Spur konnte ich nicht ausfindig machen.

Sollte ich Alpha nach dem Grund fragen? Nein, das musste ich selbst herausfinden!

Bevor ich mich jedoch auf eine halbwegs intensive Spur konzentrieren konnte, rief mich Alpha zu sich. Er versuchte mir zu erklären, wozu wir hier waren und was uns da erwartete. Ganz verstand ich diese Erklärungen nicht, beschloss aber, jetzt keine Fragen mehr zu stellen, sondern abzuwarten, was da weiterhin so geschehen würde. Immerhin hatte sich Alpha bemüht, mir gewisse Erklärungen zu geben, sodass ich nicht gänzlich unvorbereitet war.

Wir gingen also auf den Hauseingang zu und Alpha öffnete die schwere Glastür. Uns entgegen kam eine Frau mit einem schwarzen Pudel an der Leine. Der war aber sicherlich schon älter und meinte so im Vorübergehen: *Du wirst es schon noch früh genug erfahren.* Sonst kein Wort der Information, nichts. Was sollte ich mit diesen Fragmenten anfangen?

Anfänglich reizte das natürlich nur meine Neugier. Eine neue Örtlichkeit, neue Menschen und vor allem ganz eigenartige Gerüche, die ich noch nicht auseinander halten konnte. Zum Teil deckten sie sich mit jenen außerhalb des Hauses. Hier waren sie natürlich viel intensiver, einige noch ganz frisch – das war Schwerarbeit für meine Nase.

In der Zeit, in der Alpha beim Empfang mit der Frau hinter dem Pult sprach, ein Formular ausfüllte und Fragen beantwortete, herrschte für mich, meine Augen und meine Nase Hochbetrieb. Ich musste systematisch vorgehen! Zuerst sortierte ich alle Düfte aus, die sich nicht mit Hunden beschäftigten. Dennoch blieben etliche und vor allem frische Spuren übrig, die es jetzt dem Grunde nach zuzuordnen galt.

Es waren Gerüche dabei, die Angst von Hunden verrieten, einschläfernde Gerüche, auch Aggression war zu spüren. Insgesamt empfand ich diesen Ort eher als Problem, ein Hund sollte, wenn möglich, einen solchen Ort meiden.

Allein schon der Warteraum! Hunde, Katzen, Vögel, alle redeten durcheinander. Jeder wollte noch mehr erlebt haben, jeder erzählte seine Leiden und Beschwerden. Eine Aufregung war das!

Auch ängstliche Aussagen hörte ich heraus, wahrscheinlich waren dies die schon etwas Erfahrenen in der Runde, die den Ablauf und die möglichen Folgen daraus kannten.

Die dazugehörigen Menschen versuchten zwar immer, beruhigend auf ihre Tiere einzuwirken, das funktionierte aber nur für kurze Dauer. Die Lautstärke nahm schnell wieder zu. Doch kaum öffnete sich die große, weiße Türe und ein Mann mit weißem Mantel erschien, dann trat sofort Stille ein, keiner traute sich mehr zu plappern.

So etwas hatte ich noch nie erlebt, das war erstaunlich. Was war das für ein Mann, der es in wenigen Sekunden schaffte, absolute Stille herbeizuzaubern und das, ohne ein Wort zu sagen?

„Der nächste Patient bitte!“ Das war alles, waren das die Zauberworte? Eine Katze in einem Käfig wurde von einer Frau in das Ordinationszimmer getragen, Tür zu und schon ging es hier wieder los.

Ich musste mich konzentrieren, denn in diesem Durcheinander von Tiersprachen war überhaupt nichts zu verstehen. Lediglich ein Satz war markant: Hoffentlich komme ich noch nicht an die Reihe!

Alpha, jetzt kannst du mir nicht mehr ausweichen, was bedeutet dieser Satz, den ich jetzt schon einige Male hörte?

Außer seiner sanften Hand auf meinem Kopf kam keine Lösung. Ich musste es anders versuchen, vielleicht reagierte er dann.

Alpha, was hältst du von einem ganz kurzen Spaziergang, draußen auf der Wiese? Auch diesmal war seine Reaktion zwar nicht abweisend, aber doch negativ. Langsam wurde jetzt auch ich von Unruhe erfasst, ich konnte mir aus den verschiedenen Aussagen der Tiere, aber vor allem aus dem Verhalten von Alpha kein Bild machen. Ich hatte in diesen Augenblicken keinen Draht zu ihm.

Freilich war ich im Auseinanderhalten der verschiedenen Dialekte, der speziellen Ausdrücke noch ungeübt. Ich verstand lediglich einen älteren Dackel, der unmittelbar neben mir saß, aber eine sehr gepflegte Aussprache hatte. *Ich helfe dir gern, ich bin nämlich sehr oft in dieser Tierklinik, ich kenne mich ein wenig aus. Wenn du Fragen hast, kann ich sie dir sicherlich beantworten!*

Ein Wunder! Jemand bot sich an, meine Fragen zu beantworten. Vor allem hörte ich erstmals das Wort Tierklinik. Was geschah hier? *Also, mein lieber Alpha, erkläre mir bitte sofort, was in dieser Tierklinik abgeht, oder bist du dir selbst unsicher?*

Auch Alpha waren meine Fragen und meine Unruhe gar nicht recht. Wir gingen also kurz hinaus, setzten uns unter den großen Kastanienbaum und Alpha erklärte mir endlich ganz genau die Tätigkeiten einer Tierklinik.

Zwar konnte ich mit so manchen Ausdrücken nichts anfangen, ich wollte aber Alpha nicht unterbrechen, nachdem ich ihn endlich zu Informationen gebracht hatte. Grundsätzlich ging es darum – so habe ich das noch im Ohr –, kranke Tiere wieder gesund zu machen, oder um vorsorgliche Maßnahmen, auch Operationen bei schwer kranken Artgenossen wurden hier vorgenommen.

Alpha, warum nicht gleich, du hättest mir unnötiges Kopfzerbrechen erspart.

Schon wieder wurde diese Schweigetür geöffnet – ich hatte insgeheim diese Tür, aus der der Mann kam, worauf alles plötzlich schwieg, so genannt.

Alpha und ich wurden aufgerufen. Er nahm mich an der Leine und wir gingen in ein kleineres Zimmer. Dort stand ein länglicher Tisch und es roch überhaupt nicht gut. Rasch musterte ich noch die Einrichtung dieses Zimmers. Viele Lampen, ein Kasten mit blitzenden Instrumenten, Schreibtisch mit Computer, mehrere Stühle – alles war blitzsauber, nur diese starken und furchtbaren Gerüche störten.

Alpha hob mich auf den Tisch. *Was soll das, Alpha? Stell mich doch wieder auf den Boden!* Alpha schwieg!

Auf diesem hohen Tisch fühlte ich mich überhaupt nicht wohl. Ich überlegte – mit einer überraschenden Bewegung sollte ich es eigentlich schaffen, auf den Boden zu springen. Bevor ich noch eine Alternative überlegen konnte, kam der Mann im weißen Mantel aus einem hinteren Raum.

Alpha und er begrüßten sich. Alpha beantwortete Fragen über mich und legte mir dann beruhigend seine Hand auf den Kopf. Zum Glück sah mich in diesem Augenblick nicht Aaron. Meine Verfassung war nicht die eines stolzen Hovawart, eher die eines ängstlichen Welpen. Ich tröstete mich mit dem Gedanken, dass wahrscheinlich auch Aaron in so einer Situation ähnliche Reaktionen zeigte. Sie waren unserer nicht würdig, aber durchaus verständlich!

Mit einer starken Lichtquelle leuchtete der Mann in meine Augen, auch die Ohren wurden besichtigt. Dann nahm der weiße Mann einen Schlauch, steckte sich selbst etwas in sein Ohr und drückte mir das andere Ende auf meine Brust. Er meinte, ich solle mich hinlegen.

Die Überredungskunst von Alpha hatte keinen Erfolg, also wandte er ein bisschen Gewalt an. Ein Fremder hätte das mit mir nicht machen dürfen!

Beine strecken und abbiegen, Mund auf und Zunge heraus, Zähne besichtigen. *Alpha, du machst dich bei mir unbeliebt!*

Was war denn das? Der weiße Mann kam mit einem kleinen, surrenden Gerät und rasierte bei meinem Vorderlauf Haare weg. Bevor ich noch protestieren konnte, hatte ich eine Nadel in der Haut und etwas Rotes rann in ein schmales Glasröhrchen. Eigenartige Methoden sah ich in dieser Tierklinik! Das Schlimme an diesen Tätigkeiten war, ich erhielt keinerlei Vorinformationen, auch meine Neugier kam immer zu spät. Bevor ich mit der einen Begutachtung fertig war, wurde schon die nächste Maßnahme eingeleitet.

Vielleicht war das auch gut so, so hatte ich keine Zeit, mich zu bedauern. Was hatte doch dieser schwarze Pudel gesagt? Ich würde es noch früh genug erfahren. Mit dieser Prognose hatte er absolut recht!

Und richtig, der Dackel hatte es vorausgesagt. Au weh, ich erhielt einen Stich in den Oberschenkel. Mir kam kein Knurrlaut aus, aber leicht gezuckt habe ich schon!

Zumindest konnte ich meinen Freunden nun von diesem Doktorbesuch erzählen. So nebenbei würde ich sicherlich erwähnen, dass ich bei allen Untersuchungen keinen Wehlaut von mir gab, sondern alles in Ruhe über mich ergehen ließ. Ob man mir das abnahm?

Der Mann in Weiß meinte, alles sei in Ordnung. Alpha bekam noch ein kleines Buch und endlich – wir konnten wieder an die frische Luft, nach draußen in die Freiheit, in die Sonne.

War auch das Ganze irgendwie eigenartig gewesen, einem Hovi entsprechend sah ich Alpha lange und vorwurfsvoll an.

Ich musste das auch tun, erstens weil Alpha mich so oft ignoriert hatte, als ich nach draußen wollte beziehungsweise Erklärungen brauchte. Zweitens sollte er durchaus ein schlechtes Gefühl haben, schließlich hatte er nur als Zuschauer dabeigestanden, während ich die Schmerzen hatte!

Ah, wie der mich doch verstand! Er meinte doch tatsächlich, alles sei notwendig gewesen, ich sei ein großer und gescheiter Hund und morgen sei alles vergessen. *Alpha, Alpha, ich bin doch kein Kind mehr, warum redest du mit mir plötzlich so kindlich?*

Wenn ich so zurückdenke, vor allem auch an die Äußerungen meiner Spazierfreunde, so hatte ich meine nur seltenen Doktorbesuche allein meinem Alpha zu verdanken, der auf mich aufpasste und mich immer rechtzeitig vor allen Gefahren warnte. Vor allem junge und ungestüme Hunde hatten oftmals Probleme mit den Beinen, auch Fleischwunden von Raufereien kamen vor. Mit solchen Verwundungen mussten sie dann vom weißen Mann versorgt werden.

Ich war schon manchmal ein richtig sturer Hovi. Denn passierte etwas, so versuchte ich, das so lange wie nur möglich geheim zu halten. Ein schwaches Hinken oder da und dort eine kleine Wunde, das war für einen erwachsenen Hovi nach einem ausgiebigen Spiel nichts von Bedeutung, da machte ich kein Aufhebens.

Aber trotzdem musste es einmal geschehen sein, wahrscheinlich bei einem Schaukampf mit Aaron. Ich hatte mir den vorderen Fangzahn verletzt, das obere Drittel war weggebrochen. Au, verflixt, ich kann mich wieder erinnern, das war dieser komische Eckstein. Ich war zwar als Erster dort gewesen, aber Aaron hatte nicht mehr bremsen können und mich mit voller Wucht auf den Stein geschoben.

Alpha hatte zunächst gar nichts bemerkt, das wenige Blut hatte ich weggeleckt. Aaron und ich hatten weitergetollt.

Erst Tage später sah Alpha dieses Problem. Wie immer besorgt, erfolgte sofort ein Anruf bei dem Doktor im weißen Mantel.

Einen Termin hatte Alpha vereinbart, komisch, warum nachmittags? Das kam mir sehr eigenartig vor, aber ich fand keine Erklärung und Alpha ging nicht auf diese Frage ein. Eines war mir schon aufgefallen, immer wenn Alpha mit ihm länger telefonierte und wir nachmittags kommen sollten, dann kam meistens etwas Unangenehmes auf mich zu.

Ich verstand Alpha bezüglich Tierklinik nicht mehr. So sehr ich nach Antworten suchte, Alpha half mir nicht.

Wahrscheinlich wusste auch Alpha nicht genau über die Behebung des Problems Bescheid.

Immer noch wurde ich in der Nähe dieser Tierklinik wortkarg. Auch diese verflixten Gerüche waren immer noch oder schon wieder da. Sie lösten bei mir Angstgefühle aus, ich konnte diese nicht genau definieren. Ich hatte Verständnis dafür, dass Alpha mich da nicht verstand, konnte er doch diese Gerüche in aller Feinheit nicht unterscheiden.

Alpha, ich mache dir deshalb keinen Vorwurf, ich würde mir nur wünschen, dass du meine eher nachdenkliche Art mit beruhigenden Worten ausgleichst.

Wie sich doch so manche Dinge glichen. Wir fuhren mit dem Auto die bekannte Strecke in Richtung Doktor. Schon bei der letzten Kurve, vor dem Einbiegen auf den Parkplatz, wurde ich nervös. Ich sah keine abgestellten Autos, also auch keine anderen Hunde, die mich informieren konnten.

Heute sagte mir die Situation nicht so sehr zu. Kaum im Wartezimmer, ging auch schon die große weiße Türe auf und wir konnten in dieses kleine Zimmer mit dem Tisch. Von dort ging es durch einen großen Raum in ein finsteres Zimmer mit einem riesigen Gerät.

Alpha hob mich wieder auf einen Tisch. Der Doktor nahm jetzt einen kleinen Gegenstand in die Hand, umkreiste damit mein vorderes Gebiss, murmelte irgendwas von röntgen und nickte mit dem Kopf. Ganz ruhig musste ich meinen Kopf halten und dann war es eigentlich schon vorbei. *Alpha, super, lass uns gehen, bevor noch was kommt!*

Der Doktor und Alpha unterhielten sich, eine Frau brachte wenig später ein großes Foto herein.

Alpha, mir gefällt das ganz und gar nicht, komm, lass uns gehen!

Aber noch bevor ich Alpha telepathisch auf meine Welle bringen konnte, spürte ich schon wieder diesen lästigen Stich. Der weiße Mann musste sich von hinten angeschlichen haben, ich hatte ihn nicht kommen sehen. *Und du, Alpha?* So sehr ich Alpha in ein Gespräch einbinden wollte, ich fand kein Gehör.

In meinen Gedanken hatte ich noch vor, Alpha wegen seiner Nichtbeachtung meines Wunsches zu gehen die Meinung zu sagen. Diese Gedanken waren aber immer schwerer zusammenzuhalten, sie flatterten auseinander und waren dann ganz verschwunden.

Eigentlich war mir jetzt auch alles egal, meine Bewegungen wurden langsamer. Ach, hatte ich einen schweren Kopf und müde wurde ich. Ich spürte aber Alphas Hand, das war gut und beruhigend, dann bekam ich nichts mehr mit.

Kaum aufgewacht spürte ich ziemliche Zahnschmerzen, beim Aufstehen taumelte ich mal nach links, mal nach rechts. Alpha musste mich mit beiden Händen halten, es wäre mir unmöglich gewesen, allein zu gehen. Nur mein Alpha hat diese, eines Hovi nicht würdige Situation gerettet. Ganz langsam gingen wir zum Auto und Alpha hob mich in mein Abteil.

Heimwärts fuhren wir, mit dem Lift ging es rauf in die Wohnung und dann nichts wie zu meiner Decke. Ich schloss die Augen und schlief sofort ein.

Einmal weckte mich Alpha, ich würde so laut träumen, meinte er. Mir war das aber gleichgültig, der Schlaf war mir wichtiger.

Bevor ich so richtig munter wurde, hatte mir Alpha schon zwei Tabletten gegeben, wobei er eine ganz spezielle Methode hatte.

Alpha erklärte mir im Nachhinein, dass dieser Eingriff gar nicht so leicht gewesen war, insgesamt hätte ich über eine Stunde unter Narkose gelegen. Der Nerv wurde gezogen, der abgesplitterte Teil des Fangzahnes gekappt, der Wurzelkanal gefüllt und dicht verschlossen.

Wie gut, dass ich das nicht mitbekommen hatte, erstmals wäre ich da echt böse geworden.

Das musste ich beim nächsten Treffen unbedingt Aaron zeigen. Ich hatte nun zwar ein kleines Schönheitsmanko, aber Aaron und ich hatten schon vor einiger Zeit beschlossen, dass wir ledig bleiben wollten.

Die nächsten Wochen und Monate vergingen wie im Flug. Viele Wanderungen zu Seen und auf kleinere Berge bereicherten mein Wissen. Stadtbesuche riefen Kenntnisse aus der Erinnerung und speicherten neue Eindrücke. An heißen Tagen gingen Alpha und ich, meistens am späten Nachmittag, zum See. Ach, war das immer ein Vergnügen, wenn auch die Badegäste auf der Liegewiese nicht immer erfreut waren. Böse Blicke der Badegäste trafen Alpha, wenn ich meinen nassen Pelz schüttelte. Dabei verlor ich sicherlich einige Liter an Wasser, die die sonnenhungrigen Menschen abbekamen.

Alles in allem hatte ich in diesen vielen Monaten mit Alpha so viele Dinge erlebt, dass sie mich rein vom Wissen her weit über das Maß von vielen anderen Freunden hoben. Meine Selbstständigkeit war so ausgeprägt, dass ein Anleinen für mich als Bestrafung galt. Ich sah ein, dass es in der Stadt wichtig war, still duldend nahm ich es zur Kenntnis. Trotzdem sah ich immer wieder so kleine Zwerge, die sich ganz ungezwungen frei durch die Stadt bewegten, natürlich mit dem Risiko, dass bei einem Zweikampf immer das Auto Sieger blieb. Alpha hat da immer vernünftig auf mich eingewirkt und mich vor diesem Problem bewahrt.

Ein Unglück kommt selten allein, das hatte ich oft den Gesprächen der Menschen entnommen, aber auch Mama hatte uns einmal so etwas Ähnliches gesagt.

Es war so nach meinem siebten Geburtstag. Alpha rügte mich mehrmals, ich solle doch nicht immer an der Zehe meines hinteren Fußes lutschen und mit den Zähnen beißen. Aber was sollte ich tun, es juckte, es schmerzte sogar und das manchmal sehr heftig. Äußerst unangenehm war, wenn mir dies in einer Gaststätte passierte. Da flüchtete ich mich immer unter einen Tisch. Dem Alpha war das nämlich manchmal auch peinlich. Vor allem wollte ich aber deshalb keine Aufmerksamkeit erregen, weil mich Alpha sonst wieder zu dieser Tierklinik und dem Doktor fuhr.

So von außen sah man fast überhaupt nichts. Auch Alpha hatte bei näherer Betrachtung nichts Aufregendes bemerkt.

Ah, schon wieder, es juckt furchtbar, Alpha, ich kann nicht anders, meine Zähne müssen ran. Es war diesmal so arg, dass ich einfach nicht mehr aufhören wollte. Alpha sah jetzt auch schon das Fleisch unter der Klaue. „Canis, aufhören, morgen zeigen wir das dem Doktor, das sieht nicht gut aus.“

Ich ahnte Schlimmes. Andererseits hatte ich bereits Schmerzen bis hinauf zum Gelenk.

Lange hätte ich das sowieso nicht mehr ausgehalten. Vielleicht war es wirklich notwendig, Alpha hatte schon richtig entschieden.

Oje, schon wieder standen wir nachmittags auf dem Parkplatz vor dem Spital. Der große Warteraum war leer und diesmal sah ich nicht nur den Doktor in Weiß, sondern auch eine Frau in Weiß. *Alpha, was ist denn los, sind die alle wegen mir so aufmerksam und besorgt?*

Wie es halt so üblich war und kommen musste, ich spürte wieder meinen Einstich, wie könnte es anders sein und dann wiederholte sich alles bis zum Einschlafen. Meinen letzten Blick richtete ich auf Alpha, ich war beruhigt. Alpha hielt meinen Kopf, da konnte mir nichts geschehen.

In meinem Kopf spielte sich diesmal ein Durcheinander von Bildern ab, ich konnte sie einfach nicht ordnen. Erst sah ich mein Geburtshaus und die ersten kindlichen Erlebnisse, dann mein erstes Zuhause mit Garten, dann wieder meine Geschwister, vor allem der freche, blonde Bruder drängte sich an mich und redete auf mich ein. Ich sah zwar, wie auf mich eingeredet wurde, ich hörte aber keine Stimmen, es war also eine lautlose Abfolge von Ereignissen.

Irgendetwas belastete mich sehr, ich konnte aber keine Zuordnung finden. Ich fühlte große Schmerzen und doch brauchte ich nicht zu winseln, ich hatte das Gefühl zu fliegen und trotzdem konnte ich mich nicht bewegen, irgendetwas verlor ich und doch wusste ich nicht, was es war.

Es war ein unbeschreibliches Gefühl! Langsam konnte ich meine Augen einen Spalt öffnen, sah zwei weiße Gestalten vor mir stehen, die aber im nächsten Augenblick wieder verschwanden.

Alpha, wo bist du denn, was geschieht mit mir? Ich wusste nicht einmal, dass Alpha und der Doktor mich zum Auto trugen und dort richtig lagerten.

Erst viel später wachte ich im Auto auf. Meine Augen vermochte ich fast nicht zu öffnen, eine Zentnerlast drückte sie immer wieder nieder. Es war mir nicht möglich, auch nur ein Wort an Alpha zu richten. Was war mit mir geschehen?

Mein ganzer Körper schmerzte, ich konnte mich nicht bewegen, ich hörte mich selbst jammern und stöhnen, eine unerklärliche Hitze entwickelte sich in meinem Körper.

Alpha ging kurz ins Haus und kam mit dem Doktor wieder zum Auto.

Der Mann in Weiß beugte sich zu mir, untersuchte mich und ich erhielt eine schmerzstillende Spritze. Endlich – die furchtbaren Schmerzen ließen nach.

Alpha, jetzt sehe ich dich wieder besser, kannst du mir Wasser geben? Kaum hatte ich etwas getrunken, wurde mein Zustand besser. Ich versuchte sogar aufzustehen, aber Alpha drückte mich wieder sanft auf die Decke.

Mein Hinterfuß war eingebunden. *Alpha, jetzt spüre ich ein höllisches Brennen im Fuß.* Zu Hause gab mir Alpha mehrere Tabletten gegen die Schmerzen und langsam klangen diese ab.

„Es war eine schwere Operation", meinte Alpha, „du musst dich schonen!" Viele Tage später – ich konnte mit einem Spezialverband langsam gehen, aber noch nicht auftreten – hat mich Alpha über dieses Problem informiert. Es musste eine bösartige Geschwulst samt einer Zehe entfernt werden.

Mein erstes Treffen mit Aaron war sehr liebevoll. Er getraute sich fast nicht, mich zu berühren, immer sprang er besorgt nach vorn, nur um mich rechtzeitig vor etwaigen Hindernissen zu warnen. Aaron erlaubte immer nur wenige Schritte, dann musste ich rasten. Ich hatte in Aaron auch einen richtigen Freund in der Not. Unsere Spaziergänge verliefen daher äußerst vorsichtig. Kaum wollte ich etwas schneller gehen, stoppte Aaron mich und drängte mich zu rasten.

– Es war einmal ein Hovawart –

… aber meine einstige Familie, Mama und Geschwister, waren im Nebel verschwunden. Endgültig und für immer. Ein letztes Mal mobilisierte ich meinen ganzen Willen, ich musste noch einmal meine Mama sehen, ihr ein letztes Lebewohl zurufen und ihr sagen, wie lieb ich sie hatte.

So etwa nach zwei Stunden wachte ich auf, Alpha stand schon neben mir, streichelte mich und redete ganz sanft mit mir. „Canis, mein Lieber, was ist mit dir? Ich glaube, wir sollen ganz dringend zum Doktor."

Ich war gar nicht glücklich, aber wahrscheinlich hatte Alpha recht. Eine Vorahnung legte sich um mein Herz, es schlug ganz wild. Auch Alpha spürte das sehr deutlich, denn seine Hand zog er reflexartig zurück. „Canis, bleib ganz ruhig liegen, ich bin bei dir, es wird sicher wieder besser!"

Spät abends gingen Alpha und ich ganz langsam unsere gewohnte Runde. Inzwischen war es kühler geworden, ein frischer Wind strich mir durch das Fell – das war herrlich erfrischend. Endlich konnte ich wieder fast normal atmen, das nutzte ich aus und pumpte meine Lungen so richtig voll mit Sauerstoff. Es war ein herrliches Gefühl, so wie einst, als ich noch ungestüm die Wiese hinabstürmte und auf Alpha warten musste.

Was, Alpha, du willst schon heim? Bitte noch nicht, ich muss mir doch noch einmal so viele schöne Erinnerungen zurückholen, vielleicht verstehst du das nicht, für mich ist das so wichtig. Alpha kam zu mir und sprach mit mir über diese Erinnerungen. Noch nie hatte mir Alpha so aufmerksam zugehört und nicht einmal unterbrach er meine Schilderungen. Ich war fast fertig, da fiel mir mein wichtigster Wunsch ein.

Wie stellte ich es nur an, dass wir noch einmal zu jenem Ort gingen, an dem ich meinen Freund Aaron kennengelernt hatte? Mit aller Kraft fixierte ich Alpha mit meinen braunen Augen und mir war, als ob sie heute eine ganze besonders starke Ausstrahlung hätten.

Bei der Abzweigung zu unserem Haus blieb ich einfach stehen. Ach, mein Alpha kannte mich so gut. „Canis, es ist schon in Ordnung, wenn du das schaffst, gehen wir gerne noch zu eurem Platz. Ich glaube zwar nicht, dass wir Aaron treffen – egal, wir zwei gehen dann zu der Stelle, an der du immer auf Aaron gewartet hast."

Meine Gedanken befassten sich mit den vielen Zwiegesprächen, den gemeinsamen Plänen von Jugendlichen und den Ideen für neue Spiele mit unseren Freunden. Alpha saß derweilen auf der Bank. Ich sah, dass auch er seinen Gedanken nachhing, seine Gesichtszüge waren eher sorgenvoll denn freudig.

Ich musste Rücksicht auf meinen Alpha nehmen, es wurde schon etwas kühler, ein frisches Lüftchen strich über die sanften Hügel. Zurück ging es, beim großen Nussbaum vorbei, dann lag er in aller Pracht vor uns – mein geliebter See mit seinen beleuchteten Ufern und der schönen Stadt, die die nördliche Bucht umschmeichelte und sich mit ihren Kirchen und den vielen beleuchteten und prächtigen Häusern emporhob bis zum Horizont.

Dieser Anblick war unvergesslich. An der schönsten Stelle standen zwei Bänke, Alpha wählte die äußere linke Bank, von hier sah man die Stadt besonders gut.

Ich lag diesmal nur ganz wenige Schritte von Alpha entfernt, mein Blick war intensiv auf den vor mir liegenden See gerichtet. Ich sog diese dunkle Stimmung der Landschaft in mich ein, ich konnte gar nicht genug an Eindrücken bekommen, ich musste mir diesen Anblick bewahren.

Meine Gedanken flogen über die Wiesen, über den Parkplatz hin zum Seeufer, dann rechts vorbei an den Liegewiesen, dann geradewegs zum Stadtplatz. Innerhalb weniger Sekunden holte ich Zeitabläufe nach, die mir so vertraut waren, Alpha und ich waren hier so oft gegangen. Jetzt aber umschlichen mich Gedanken des Abschiedes.

Mein Blick richtete sich nach hinten, ja, Alpha war bei mir, ich konnte weiterträumen. Ich erkannte die Straße jenseits des Sees, die jetzt beleuchtet war, hier ging ich mit Alpha so oft. *Alpha, da drüben ist doch unser Badeplatz?* Beide waren wir in Gedanken versunken. In Abständen blickte ich immer wieder zu Alpha, auch er saß ruhig da. Er sagte mir zwar, dass er diese einzigartige Kulisse betrachte, in Wirklichkeit ließ er mich keinen Augenblick aus den Augen.

Ach, mein lieber Alpha, kannst du dich noch an den Nachmittag erinnern, an dem der Sturm die … Alpha, komm schnell zu mir, ich brauch dich.

Mir ging es jetzt gar nicht gut, mein Blickfeld engte sich ein und Schüttelfrost durchströmte mich. Alpha ließ sich bei im Gras nieder, hielt meinen Kopf und deckte mich mit seiner Jacke zu.

So lag ich da, hilflos und schwach, und hoffte, dass mich Alpha nicht verließ.

Es war schon stockdunkle Nacht, als Alpha mich langsam und ganz vorsichtig in das Haus führte und mit dem Lift nach oben in die Wohnung zu meiner Decke brachte.

Nach dem Anfall und der kühlen Luft fühlte ich mich etwas besser. Alpha bereitete für mich ein besonderes leckeres Abendessen vor. Ich freute mich auch darauf, aber ich bekam keinen Bissen runter. Das kühle und frische Wasser ließ ich mir jedoch besonders schmecken.

Zwischen Alpha und mir begann jetzt ein stummer Dialog. Wir sahen uns dabei in die Augen. Es war immer wieder erstaunlich und fast nicht zu glauben – wir verstanden uns nach diesen vielen gemeinsamen Jahren ohne Worte. So fühlte ich zum Beispiel, dass Alpha mich jetzt bei sich brauchte. Ich ging die wenigen Schritte bis zur Couch und legte mich zu seinen Füßen.

Alphas Hand lag auf meiner Schulter, er erzählte mir Geschichten, die ich damals nicht so dramatisch erlebt hatte, ich war einfach noch jung und unbeschwert gewesen. Auch so manchen Jugendstreich hörte ich aus der Sicht von Alpha, ein Lächeln kam zögernd hervor.

Ich sagte Alpha liebe Worte, wie zum Beispiel, ob er sich noch an unser allererstes Treffen erinnere, an den feuchten Schmatz, mit dem ich mich für ihn entschieden hätte, oder an die peinliche Situation bei der Prüfung.

So viele Ereignisse fielen mir plötzlich ein, ich hätte ununterbrochen reden können. In diesem Moment war ich ein sehr glücklicher Hund.

Alpha erinnerte mich wiederum an die gemeinsamen Unternehmungen, die Schule, die gemeinsamen Bekannten und Freunde, Aaron und sein Frauchen.

Es entwickelt sich zwischen uns ein stummes Frage- und Antwortspiel, es war wie ein „Wachrufen“ von Gefühlen, die wir in die Gegenwart holten.

Alpha sagte mir immer wieder, dass diese verflixten braunen Augen mehr Ausdruckskraft hätten als tausend Worte. Mama, ich danke dir, dass du mich das gelehrt hast, wenngleich du in deiner Bescheidenheit immer wieder sagtest, das sei eben die Art und Weise eines Hovi.

Es war schon nach Mitternacht, ich sandte einen letzten und intensiven Blick auf unser kleines Heim, auf meine Decke und Alphas Wohnungseinrichtung. Ich trank noch eine ordentliche Portion frisches Wasser und legte mich dann mit einem endlos langen Seufzer der Zufriedenheit auf meine Schlafdecke. *Verzeih mir, Alpha, Mama drängt sich dazwischen, auch meine vielen Geschwister wollen etwas von mir.*

Interessant – was mir unangenehm auffiel, war, dass ich nicht mehr in den Laderaum des Autos springen konnte. Alpha hob mich hoch, ich hatte schon wieder furchtbare Schmerzen in der Brust. Wir fuhren aus der Tiefgarage und ich konnte noch einmal meinen See und die Stadt sehen. Ich verabschiedete mich in diesem Augenblick – nie mehr sollte ich zurückkommen. Alpha, das war es übrigens, was Mama mir sagte.

Langsam fuhren wir in Richtung Tierklinik. Es war ein sonniger Nachmittag, den Weg kannte ich jetzt schon sehr gut. Auch dieser Weg war heute anders. Es kam mir vor, als ob ich bei jeder Kurve auf dem Weg zu meinem Doktor weniger Schmerzen verspürte.

Irgendwie sehnte ich mich direkt nach diesem kleinen Einstich in mein Hinterteil, es wurde dann alles viel leichter!

Wir gingen in das große Wartezimmer, wir waren allein. Alpha setzte sich in den hinteren Bereich, ich zwischen seine Füße.

Wie nach einer inneren Eingebung drehte ich mich um, sah aus dem geschlossenen Fenster, sah den blauen Himmel und die Sonne. Ich konnte nicht anders, ich stand auf und legte meine Füße auf die Schulter von Alpha. Ich signalisierte ihm: *Bitte, bitte, lieber Alpha, lass uns fortgehen von diesem traurigen Ort.* Um meine Worte noch zu verstärken, kratzte ich mit den Füßen auf seiner Schulter. *Bitte, nimm mich fort, jetzt gleich, ich habe ein so ungutes Gefühl, auch der Geruch in diesem Raum ist heute anders, Alpha, es riecht nach Schmerzen, nach Abschied, nach Tod.*

Ach, könnte ich nur Alpha dazu zwingen, ich würde es heute erstmalig machen.

Alpha, warum verstehst du mich heute nicht, sonst hast du mich doch immer gleich verstanden, was ist denn heute mit dir? Was ist mit deinen Augen?

Da kam auch schon der Doktor heraus, holte uns in das bekannte kleine Zimmer mit dem Tisch. Wiederum steckte sich der Doktor etwas in sein Ohr, mit dem anderen Ende berührte er mich mal da, mal dort. Er fragte Alpha, ob in letzter Zeit ein Lungenröntgen gemacht worden sei.

Wir gingen alle zusammen in den Raum mit dem großen Apparat. Ich musste mich auf die Seite legen, das Licht wurde ausgeschaltet und es war dunkel.

Nicht lange und ich konnte diesen Raum wieder verlassen, Alpha und ich gingen wieder nach vorn.

Nach einiger Zeit kam der Doktor mit einem großen Bild zu uns. Er sprach leise mit Alpha, ich konnte die Worte nicht verstehen, vielleicht wollte ich das auch nicht mehr.

Dass es ausschließlich um mich ging, das war unmissverständlich. Ich saß derweilen auf dem Boden, schaute ausschließlich zu Alpha, alles andere war mir egal. Ich spürte seine vertraute Hand auf meinem Kopf und versuchte, nochmals meine Augen für eine letzte Zwiesprache einzusetzen. Doch Alpha wich mir aus, ich fühlte jedoch, wie der Druck seiner Hand auf meinem Kopf stärker wurde.

Ich täuschte mich sicherlich nicht, aber Alpha war seit wenigen Minuten total verstört, so hatte ich ihn überhaupt noch nie erlebt.

Der Doktor hatte das kleine Zimmer verlassen. Alpha und ich waren allein. Was sollte ich tun? Ich ging zu ihm, suchte seine Hand, lecke sie ihm. Alpha streichelte mich so zärtlich, so zärtlich wie selten zuvor. Ich war mir sicher, wir verstanden uns auch in diesen Minuten. Er schmiegte seinen Kopf an mich, wir waren uns so nahe, ich konnte ihm ins Ohr flüstern, wie gern ich ihn hatte.

Was bedeutete das aber? Meine Angst wurde immer größer, mein Körper begann zu zittern. *Alpha, ich glaube, jetzt könnten wir noch gehen, das Atmen wird wieder schwerer, ich will das aber gar nicht, Alpha, du solltest doch sehen, dass ich mich gut fühle. Bitte, gehen wir nach Hause, dorthin, wo es mit dir immer so schön ist.*

Der Doktor kam herein, auf diesen Stich hatte ich schon gewartet. Es dauerte nicht lange und ich wurde immer ruhiger, ich sah auch Alpha wieder ganz klar. Alpha hatte sich auf einen Stuhl gesetzt, ich schmiegte mich ganz eng zwischen seine Beine, so, als ob ich Schutz bräuchte.

Mein Alpha gab mir Sicherheit, er sprach mit mir, leise und mit so angenehmer Stimme, seine Worte kamen zwar nicht so klar und fest rüber, trotzdem beruhigten sie mich.

Ich spürte einen weiteren Einstich in meinen Fuß, es wurde auch etwas warm. Alpha, bitte halte jetzt meinen Kopf, meine

Kraft schwindet. Alpha, ich glaube, wir können heute nicht mehr zusammen heimfahren. Es war mit dir so schön, nie werde ich dich vergessen, du bist für mich alles … Alpha, siehst du das auch? Es wird so hell, es blendet mich richtig. Alpha, da – ja, siehst du denn das nicht? Meine Mama mit allen meinen Brüdern und Schwestern laufen vor mir her. Sie rufen mir zu, ich höre sie aber so undeutlich. Alpha, alles wird so nebelig trüb, ich muss meiner Familie folgen, lass mich los, ich kann nicht anders, sei mir nicht böse, mein lieber Alpha, lebe wohl, auf irgendwann …

– Zusammenfassung –

Canis, ein Hovawart, kam mit zehn Wochen zu mir. Er verbrachte ein sorgloses und liebevolles Babyleben. Es folgten die Welpenschule und zwei Hunde-Begleitkurse mit den entsprechenden Prüfungen.

Das uneingeschränkte Zusammenleben prägte weiterhin in allen Einzelheiten das Lernen und das gegenseitige Verständnis. Mein Hovawart war und blieb ein Leben lang ein Individualist.

Canis beschreibt selber sein Leben. Alpha, das bin ich. Wir beide also versuchen die wichtigsten Momente zu beleben, die es so zwischen Mensch und Hund geben kann. Auch der leider so frühe Tod sollte kein Tabu sein. Der innere Zwiespalt hat mich sehr mitgenommen, ob ich wirklich bis zu seinem letzten Atemzug bei ihm bleiben sollte. Canis hatte aber ein Recht darauf, dass auch ich ihm gegenüber diese Freundespflicht erfüllte, und ich habe es nicht bereut.

Bei manchen Passagen habe ich mir die Freiheit genommen, so zu formulieren, als ob das auch so vorgefallen wäre. Ich habe versucht, mich mit meiner Vorstellungskraft in den Hund hineinzuversetzen, um damit die eine oder andere Verhaltensweise zu erklären.

Ich gebe ehrlich zu, dass ich bei so manchen Erinnerungen Tränen in den Augen hatte, ich schäme mich deshalb überhaupt nicht. Nur jene Hundefreunde, die über viele Jahre eng mit ihrem Freund zusammenleben, die mit ihm Freude und auch Leid durchstehen, und die diese bedingungslose Treue erleben, diese Menschen verstehen das sicherlich.

Ich bekam von Canis so unendlich viel an Freude, Ehrlichkeit und Zuneigung, so dass ich ihn oftmals auch als „meinen großen Freund“ bezeichnete.

Freunde und Bekannte, vor allem aber meine Tochter mit ihrem 4-jährigen Hovi-Rüden Arko sagen:

„Liebenswerte Dickschädel, aber gerade deshalb lieben wir sie so sehr“.

Hovawart

Widerristhöhe:
55–70 cm

Gewicht:
25–40 kg

Alter:
12–14 Jahre

Ursprungsland:
Deutschland

heute:
Begleit- und Schutzhund

früher:
Hirten- und Hofhund

FCI:
190/2.2

Hovawart Rassengeschichte: *

Bauernhunde als „hovawart“/„hovewart“ (Mittelhochdeutsch: hova = der Hof und wart = der Wächter, also der Hofwächter) oder auch unter den Benennungen Hovawarth, Hofwart oder Hofward wurden schon in Schriften des Mittelalters wie dem Sachsenspiegel oder dem Schwabenspiegel erwähnt, jedoch ohne Beschreibung des Aussehens. Erst Ende des 19. Jahrhunderts wird als Hovawarth ein Haus- oder Hofhund beschrieben, der im Aussehen dem heutigen Rassestandard des Hovawarts entspricht. Das Einsatzgebiet dieser Hunde war hauptsächlich das Bewachen des Hofes, aber auch als Zughund fand er Verwendung.

Als Anfang des 20. Jahrhunderts Kurt Friedrich König und sein Vater Bertram König nach „überlegsamen Hunden“, d. h. Hunden mit der Fähigkeit zu situationsgerechtem Handeln, suchten, stießen sie immer wieder auf diese starkknochigen, lang- oder zotthaarigen Hunde mit Hängeohren.

Die nach dem Ersten Weltkrieg aufkommende Übung, Schutzhunde durch Dressur und Schutzdienst auszubilden, widersprach den Erkenntnissen, die König mit seinen Hunden gemacht hatte, und so kam er im Jahr 1922 auf die Idee, aus den Restbeständen eines örtlich vorhandenen, vermeintlich aus dem Mittelalter stammenden „typischen“ Bauernhundes den Hovawart, zunächst als Zuchtversuch und später in Reinzucht, als Rasse zu züchten. Er kreuzte Neufundländer, Leonberger, Deutsche Schäferhunde und den Kuvasz mit ein, um einen Hund zu erhalten, der vom Äußeren her, langhaarig und hängeohrig, seinen Hunden glich und vom Wesen her ein natürlicher Schutzhund war; dass er auch einen afrikanischen Wildhund mit eingekreuzt habe, gehört möglicherweise in den Bereich der Legenden.

Der Hovawart wurde 1937 als eigenständige Rasse anerkannt.

Ein neuer Versuch, den Hovawart etymologisch zu erklären, ist durchweg ohne Beleg in der Literatur seit dem Mittelalter. Dieser Erklärungsversuch geht so: Etymologen hätten in den 1990er-Jahren belegt, dass der Name „Hovawart“ sich aus „hov, hove“, das dem angelsächsischen „how“ nahe verwandt ist, und „avartin, avartai“, spätmittelhochdeutsch für „wartend“, zusammensetze. Sie hätten dieser Begriffskombination keine sinnvolle Deutung geben können, bis sie sich mit einem erfahrenen Kynologen unterhalten hätten. Offenbar sei schon früher für die Rasse typisch gewesen, dass die Hunde nicht auf fremde Menschen oder unbekannte Dinge zuliefen, sondern aus sicherer Distanz, wie „wartend“, beobachteten und potenzielle Gefahren einschätzten.

Legende zu den Wesensmerkmalen:

1 = Kinderfreundlich,
2 = Fühlt sich im kalten Klima wohl,
3 = Lebt und schläft gerne im Freien,
4 = Lässt sich leicht zum Gehorsam erziehen,
5 = Guter Wachhund

Allgemeines über den Hovawart: *

Typisches Merkmal des Hovawarts sind seine Selbstständigkeit und sein Selbstbewusstsein gegenüber Hunden und Menschen. Bedingungslosen Gehorsam, ähnlich dem Deutschen Schäferhund, wird man beim Hovawart kaum finden. Der Hovawart als „Gebrauchshunderasse" möchte beschäftigt werden, am besten täglich, sonst kann es leicht passieren, dass er sich seine „Aufgaben" selbst sucht. Geeignet ist er für fast alle sportlichen Unternehmungen, egal ob zum Beispiel als Jogging- oder Reitbegleiter, als Schutz-, Fährten- oder Rettungshund.

Hovawarte mit fehlender, nachlässiger oder falscher Erziehung neigen dazu, außerordentlich dominant zu sein, denn sie sind sozial hochintelligent und reagieren dementsprechend empfindsam auf Fehler in der Haltung/Erziehung. Allgemein benötigen Hovawarte viel Auslauf und aufgrund ihres häufig sehr ausgeprägten Selbstbewusstseins auch einen Halter mit Durchsetzungsvermögen und Erfahrung; Anfänger sollten sich ausreichend informieren, bevor sie sich einen Hovawart anschaffen.

Da der Hovawart zu den anerkannten Dienst- und Gebrauchshunderassen gehört, ist besonders der RZV bestrebt, einen sportlichen „Gebrauchshund" zu züchten (dementsprechend wird großer Wert auf Nervenstärke, Gesundheit und einen ausgeprägten Beutetrieb gelegt).

Wesensmerkmale, die Hovawart-Rassengeschichte und Allgemeines über den Hovawart wurden dem Internet entnommen.

Der Autor

Der Tierliebhaber Hugo Hanusch, geboren 1940 im Salzburger Land, war in verschiedenen Positionen tätig, vom Vertriebsleiter und Prokurist bis zum Geschäftsführer in Ungarn. Er war nach der aktiven Berufslaufbahn begeisterter Privatpilot, seit 2011 Autor und schreibt vor allem für tierliebende Menschen.

novum VERLAG FÜR NEUAUTOREN

Der Verlag

„Semper Reformandum", der unaufhörliche Zwang sich zu erneuern begleitet die novum publishing gmbh seit Gründung im Jahr 1997. Der Name steht für etwas Einzigartiges, bisher noch nie da Gewesenes.
Im abwechslungsreichen Verlagsprogramm finden sich Bücher, die alle Mitarbeiter des Verlages sowie den Verleger persönlich begeistern, ein breites Spektrum der aktuellen Literaturszene abbilden und in den Ländern Deutschland, Österreich und der Schweiz publiziert werden.
Dabei konzentriert sich der mehrfach prämierte Verlag speziell auf die Gruppe der Erstautoren und gilt als Entdecker und Förderer literarischer Neulinge.

Neue Manuskripte sind jederzeit herzlich willkommen!

novum publishing gmbh
Rathausgasse 73 · A-7311 Neckenmarkt
Tel: +43 2610 431 11 · Fax: +43 2610 431 11 28
Internet: office@novumverlag.com · www.novumverlag.com

Hugo Hanusch

Mein Halsband

ISBN 978-3-99026-559-8
136 Seiten
Euro (A) 16,90
Euro (D) 16,40
SFr 24,50

Die Schäferhündin Asta führt ein trauriges Leben in einem serbischen Hundelager. Animal Care International gelingt es, sie zu befreien und nach Wien zu bringen. Dort trifft Hugo Hanusch auf Asta, und die Verbindung der beiden ist sofort spürbar.